Character
鷲嶺《わしみね》・ソフィア・麗奈《れいな》
朝倉《あさくら》 陽奈子《ひなこ》
小野《おの》 詩織《しおり》

篠宮《しのみや》 火影《ほかげ》
結城《ゆうき》 愛菜《まな》
双川《ふたがわ》 絵里《えり》
二子玉《にこたま》 亜里砂《ありさ》
新見《にいみ》 花梨《かりん》

Presented bay Ayano
by Inui Kazune

Contents

Isekai Yurutto Sabaibaru Seikatsu

~学校の皆と
異世界の無人島に
転移したけど
俺だけ楽勝です~

異世界ゆるっとサバイバル生活

異世界ゆるっとサバイバル生活4

～学校の皆と異世界の無人島に転移したけど俺だけ楽勝です～

絢乃

BRAVENOVEL
ブレイブ文庫

【助っ人シャーク】

こちらに迫ってくる、大型のサメ――。

(よりにもよってホホジロザメかよ)

サメの種類にそれほど詳しくない俺ですら、迫り来るサメについて知っていた。サメが人を襲う類の映画でモデルになるタイプだからだ。要するにとんでもなく危険な奴である。

(終わったな……)

かつて天音に尋ねたことがある。海の中で大きなサメに襲われたらどうする、と。

彼女の答えは、「一応は戦うが勝つのは不可能だろう」だった。素手で竹を切ったり、樹上を走って移動したり、人間よりも大きなワニを軽々と倒す超人的な女が、「海の中でサメに勝つのは無理」と言い切ったのだ。

それはつまり、奇跡が起きても俺如きに勝てるわけがない、ということ。

だから、俺は諦めていた。ホホジロザメに勝とうなどとは思っていない。

サメが大きな口を開ける。映画とは桁違いの迫力だ。

(嗚呼、食われちまう)

俺は抵抗しなかった。というより、抵抗する術がなかった。甘んじて死を受け入れる。

――だが、俺が食われることはなかった。

横から何かが突っ込んできて、ズドンッ、とホホジロザメにぶつかったのだ。

「えっ」

目をパチクリさせる俺。

今まで後ろで俺の名を叫び続けていた愛菜《まな》も固まっていた。

「コイツは……！」

突っ込んできた何かの正体は、サメだ。

大型ではあるが、ホホジロザメより一回り小さい。

――メジロザメだ。

「火影、どういうこと!?」

「分からないが……もしかして、俺を助けに来てくれたのか？」

という俺の疑問は、その直後に肯定された。

メジロザメは俺の前に位置取り、ホホジロザメを威嚇し始めたのだ。

対するホホジロザメも威嚇し返しており、両者の間には火花が散っていた。

そして――。

「火影、大きい方のサメが離れていくよ！」

ホホジロザメはこちらに背を向け、スーッと去っていく。メジロザメが立ちはだかったので諦めたようだ。

メジロザメが俺に頬ずりする。

その行動によって、俺は何が起きたのかを理解した。

「どういうこと？　そのサメは味方なの？」

「ああ、コイツは味方だ！」

メジロザメに抱きつく。

ゴーグルがなくて見えづらいが、それでも分かった。

このサメは前に俺とじゃれあっていた奴だ。頬ずりのやり方が前回と同じだし、何より初っ端からこの懐きようなので間違いない。

「助けてくれてありがとうな！　お前、元気にしていたのか！」

メジロサメの体を優しく撫でる。撫でて撫でて撫でまくる。

メジロザメは目に見えて喜んでいた。

「サ、サメを手懐けている……!?　そもそもサメが味方って何!?」

愛菜はひたすら驚いていた。

「そうか、愛菜がコイツを見るのは今回が初めてだったな」

前にこのサメと会った時、一緒にいたのは陽奈子だ。

「このサメとは以前にも会ったことがあってな、友達なんだ」

「友達!?　サメと仲良くなるとかありえるの!?　というかサメって人に懐くの!?」

「メジロザメは基本的に温厚だぞ。人を襲うことは滅多にない」

「そ、そうなんだ。それにしても、凄い……」

「そんなことないさ。俺はただ仲良くなっただけだ。愛菜みたく自由自在に猿を操れるほうがよほど凄いよ。あれこそ常人には不可能な芸当だから」

お礼の気持ちも込めてたっぷりじゃれ合った後、舟へ戻ることにした。ホホジロザメの脅威が去ったとはいえ、まだ気を緩めることはできない。荒れた波に舟を流されているという状況は変わっていないのだ。

サメは頭で俺の体を押し上げ、舟に乗るのをサポートしてくれた。

そのことに感謝の言葉を述べた時、とんでもないことを閃いた。

閃くこと自体どうかしているというか、常識的に考えて「無理でしょ」と言いたくなるような内容だ。なのに、何故か「いける！」という強い自信があった。

だから俺は、イルカショーのイルカみたいに海から顔を覗かせているサメに言った。

「よかったら俺達をあそこまで運んでくれないか？」と海食洞《アジト》を指す。

そう、サメに帰還の手伝いをさせようとしているのだ。

我ながら無茶苦茶なことを言っていると思った。相手が調教されたイルカならまだしも、野生のメジロザメである。当然ながらこちらの言葉は理解できないだろう。

それでも気持ちは伝わった。

「火影！　サメが！　サメが舟を押してくれているよ！」

「うおおおおおおおおお！」

サメは静かに海の中へ潜ると、俺達の乗っている舟を押し始めたのだ。鼻の先を舟底に当て、体を巧みに使って押している。

　針路もこちらの要望通りで、アジトに向かっている。

「やった！　言葉が通じたぞ！」

「凄いよ火影！　凄い！」

「凄いのは俺じゃなくてコイツだって！　すげぇよお前！」

　俺達は舟の上で大興奮。

　その間にも舟の速度は上がっていき、アジトが迫ってくる。

「篠宮殿ォー！」

「火影君ー！」

「愛菜ー！　火影ー！」

　いよいよ皆の声が聞こえる範囲まで近づいてきた。

　俺達は手を振って応じる。

「火影君、舟にサメがついているよ！」

　詩織が指摘する。

　他のメンバーもサメの存在に気づいた。

「天音、攻撃が可能な距離に到達したら速やかにあのサメを始末して、篠宮様と愛菜さんを救ってください」

「かしこまりました」

天音がアジトにある武器で戦闘態勢に入る。

「待て！　違うんだ！　このサメは仲間だ！」

俺は慌てて攻撃の中止命令を出す。

それをでハッとした陽奈子が、サメの詳細を皆に説明する。

皆が安心したところで、舟がアジトに到着した。

「ここまでで来れば大丈夫だ、ありがとう」

俺の言葉に従い、サメは押すのをやめて離れていく。

舟は何もしなくてもゆるゆると進み、袋小路の壁にコツンと当たって止まった。

「ふぅ！　助かったぁ！」

愛菜は目の前の梯子を上がって広場に戻る。

俺は舟に残ったままサメを見た。

「待ってくれ、そこから動くなよ！」

サメはアジトから約一〇メートルのところで止まり、こちらに振り返った。

「絵里、何か魚は残っていないか？　亜里砂が釣ったやつ」

「あるよ！　待ってね」

絵里が土器バケツを持ってくる。

「どれがいいかな？」

「土器ごとくれ」

「えっ!?　いいけど、重いから気をつけてね」

俺は土器バケツを受け取り、中を確認する。それなりに魚が入っていた。

「折角の食材だけど、サメにプレゼントさせてもらうよ」

サメに手招きしながら、適当な魚を海に浸ける。

するとサメは、スーッとこちらに近づいてきた。

皆が「おおー！」と歓声を上げる。

亜里砂が「イルカショーみたい！」と言い、花梨が「サメだけどね」と返した。

「助けてくれたお礼だ、受け取ってくれ」

サメはピクピクッと反応した後、何かを窺うようにこちらを見てきた。

それに対して俺が頷いた次の瞬間、ムシャムシャと魚を頬張り始めた。

「どうだー！　私の釣った魚は美味いだろー！」

亜里砂が誇らしげに胸を張る。

サメの食欲は凄くて、バケツの魚が見る見るうちに減っていく。

「本当にありがとうな、俺と愛菜を助けてくれて」

改めて感謝の言葉を伝え、サメのヒレを優しく撫でた。

「サメを手懐けるとは流石だな、篠宮火影」

「お見事ですわ」

ソフィアが拍手する。他の連中も続いた。

「拍手は俺でなくこのサメに頼む。コイツは命の恩人だからな。いや、恩人じゃなくて恩鮫か？」

皆が笑った。

魚を食べ終えると、サメは再び離れていく。

俺が「じゃあな」と声をかけると、尻尾で激しく海面を叩いた。

盛大な水しぶきが舞い、俺達の視界が遮られる。

水しぶきが消えた時、サメの姿は消えていた。

「ふっ、なかなかクールな奴だな」

こうして、俺と愛菜は絶体絶命の危機を乗り切るのであった。

◇

どうにか愛菜の救助が完了したわけだが、そこで話は終わらない。

むしろ問題はここからだ。

風邪を引かないように取り組まねばならない。力の限りを尽くして。

日本では大したことのない風邪が、ここでは命取りになる。

「代わりに私が指揮を執るから、火影は愛菜とゆっくりしていてね」

「すまんな、花梨。にしてもこれは……過保護ではないか」

「風邪を引いたらおしまいなんだからこのくらい当然でしょ」

俺と愛菜は全力で体を拭かれた後、貫頭衣を何枚も着させられた。それらは女性陣が担当したのだが、尋常ならざる速度で作業を進める彼女らを見ていると、自分がピットインしたＦ１カーのように思えた。

今、俺達には絶対安静の厳命が下っており、集中治療室に劣らぬ管理がされている。

「それにしてもすごい焚き火だな……」

焚き火に囲まれる俺と愛菜。

囲んでいるのではなく、囲まれているのだ。焚き火は四方に設置してあり、その中央に俺達が座っている。

まるで何かの儀式みたいだが、おかげさまで暖かさは申し分ない。いや、申し分ないどころか、汗がじゅわーと出るほどに暑い。貫頭衣を脱ぎ捨てたくなる。

「オラァ！　風呂はまだかァ！」

アジトの奥から亜里砂の声が聞こえてくる。彼女は男子達を率いて風呂を沸かしていた。

「これ飲んで体の中も温めて」

絵里が俺達に味噌汁を振る舞う。具はわかめと溶き卵、それに薄く切ったイノシシの肉だ。豚汁ならぬイノシシ汁である。

「至れり尽くせりだな」

「だね」

俺と愛菜は味噌汁を飲み、ホッと一息つく。

「ウキィ……」

俺達が休んでいると、一匹の猿が近づいてきた。

リータでないことは分かるけれど、それ以上のことは分からない。

「どうしたの？　ビスマルク」

愛菜が話しかける。

俺は「ビスマルクって」と苦笑い。猿の名前は愛菜が決めている。

「ウキィ！」

ビスマルクが愛菜に土下座を始めた。額を地面にこすりつけ、涙を流しながら深々と謝っている。

焚き火の外で他の猿も謝っていた。ビスマルクほどではないが、ペコペコと頭を下げている。

「ううん、あたしが悪いんだから気にしないで。ごめんね、悲しませちゃって」

愛菜がビスマルクを抱きしめる。泣きじゃくる猿を優しく撫でて、焚き火の外に運んだ。

「なぁ、アイツは何を詫びていたんだ？」

「あたしが海に落ちたのって、木の実を踏んでバランスを崩したからでしょ？　あの木の実はビスマルクがくれた物なの。だからあの子、自分のせいであたしが海に落ちたと思っていたみたい」

相変わらず完璧な翻訳だ。おかげで猿の気持ちが理解できた。

「今回のは誰が悪いとかじゃないからな。反省点があるとすれば、ボートを固定していなかったことだろう。ボートさえ流されなければ問題なかったわけだし。今度、適当な重石と紐で固定しておくよ」

仲間達のサポートが奏功し、俺と愛菜は風邪を引かずに済みそうだ。終わってみれば、「あの時は大変だったなぁ」と笑える結末である。

だが、こんなことは二度とごめんだ。

【カラシナ】

翌日、俺と愛菜は大事を取って休むことにした。風邪を引きそうな兆しはなく、体調はいたって良好だが、念には念を入れておく。

休むといっても、ひたすら布団で寝ているわけではない。

アジト内で完結する軽作業に従事する。例えば広場の掃除がそうだ。この場所にはそういう作業が山ほどあるので、仕事には困らない。

「これで掃除は終了だねー。次は何をする？」

ふぅ、と額を拭う愛菜。

「愛菜は貝殻を砕いておいてくれ。いつも田中がやっている作業だ」

「りょーかい！　火影は何するの？」

「俺はオリーブオイルでも作っておくよ」

「それも田中がやってる作業だね」

「だな」

俺達は腰を下ろして各々の作業を始める。

話題の田中だが、今はこの場にいない。俺と愛菜に仕事を奪われたので、絵里に同行して食材の調達に出かけていた。

「ウキッキィ！」

黙々と作業していると、一匹の猿がやってきた。

「ウキッ、キキッ、キィ！」

何やら愛菜に報告している。

「ありがとー！　その調子でお願い！」

「キキィ！」

猿は敬礼してアジトから出て行った。

「今のは？」

「作業が終わったって報告と、この後も花梨の指示に従えばいいのかって確認」

「なるほど」

今日は花梨が全ての指揮を執っている。俺が動けなくなった時に備えての予行演習だ。元々、そういった事態に陥った際は、彼女がリーダー代行を担当することに決まっていた。

「外の作業は問題なさそうか？」

「さっきの報告によるといい感じみたい」

「花梨は流石だな」

俺は手芸班に目を向ける。

芽衣子、陽奈子、ソフィアからなる手芸班は今日も変わりない。たまに雑談を挟みつつ、基本的には静かに作業している。

(外の作業は花梨、食事は絵里、そして手芸は芽衣子……俺がいなくても問題ないな)

今日は元気だが、いつか本当に体調を崩す日が来るかもしれない。そんな時が来ても、この様子なら安心できる。

「篠宮殿ー！」

素晴らしい環境にニッコリしていると田中が戻ってきた。絵里も一緒だ。

「今、大丈夫？　ちょっと見てほしいものがあるんだけど」

絵里が上目遣いで俺を見る。

「問題ないよ」

俺は作業を止めて立ち上がった。

「疲れたでござるぅ！」と、背負っていた竹の籠を地面に置く田中。

籠の中には、木の実やキノコなど、様々な食材が入っていた。

「良さそうな葉っぱがあったから採ってきたんだけど、食べても大丈夫か見てもらえない？」

「任せろ」

一見すると安全そうな植物でも油断できない。

例えばアイヌネギの異名を持つギョウジャニンニクという多年草は、山菜として人気が高いけれど、その見た目はイヌサフランという毒草に酷似している。

その為、知らない植物に手を出す時は、まず俺を通すと決めていた。植物の知識はサバイバル生活の要になるから、サバイバルマンの俺は一目で食用かどうか見分けられる。

「問題ないなら包菜《サンチュ》として使う予定なんだけど……どうかな？」

絵里が籠から取り出したのは、レタスのような葉だった。焼き肉屋でサンチュとして提供されている物に似ている。

もちろん、俺はその葉が何か知っていた。

「カラシナじゃないか！　いいところに目をつけたな！」

「その反応から察するに、食べられるってことでいいんだよね？」

絵里の目が輝く。

「大丈夫だよ。カラシナは日本でも料理に使われている。茎も食えるよ」

「おー！」

「やったでござるな、絵里殿！　今日のご飯はカラシで決まりでござる！」

「カラシじゃなくてカラシナだよー」と笑う絵里。

「同じようなものでござるよ、カラシもカラシナも！　一文字違いは実質同じでござる！」

「もー、田中君、意味不明ー！」

「なっはっは！」

絵里が上機嫌なので田中も嬉しそうだ。

「たしかに田中の発言は意味不明なことが多いけど、今回はあながち間違っていないぞ」

「「えっ」」

絵里と田中が固まった。

「カラシはカラシナの種子から作れるんだ」

「えええええ!?　そうなの!?」

「本当でござるか!?　拙者、冗談のつもりだったのでござるが……」

「作り方も簡単だぜ」

この発言によって、絵里の目の色が変わった。

「カラシも欲しい！　田中君、カラシナの種子を集めてきて！　大至急！」

「承知したでござる！」

田中は猛ダッシュで飛び出していった。

「カラシナの群生地は近いのか？」

「早歩きで片道二〇分くらいかな」

「ちと距離があるな。戻ってくるまで時間がかかりそうだ」

「だねー、その間にお昼ご飯の支度をしないと！」

「田中の代わりに手伝うよ」

「ありがとー！」

カラシを作るのは午後からということで、絵里と昼食の準備に取りかかった。

◇

「それではカラシを作るとしようか」

昼食後、アジトの広場にて、俺によるカラシの製法解説が始まった。

「待ってましたー！」

この上なく機嫌の良さそうな顔で拍手するのは絵里。

他の連中は休憩を終えて午後の活動を始めていた。

近くでは田中がオリーブオイルを作っている。猿が採取してきたオリーブの実を必死になって潰していた。

「ま、カラシの場合は製法ってほどのものでもないんだがな」

と言いつつ、俺は作業を始める。

「まずはカラシの種子を綺麗に洗う」

「綺麗に見えても汚れているもんね！　味噌を造る時に学んだよ！」

大豆のことを言っているようだ。

俺は「そうだ」と頷き、カラシナの種子を洗う。水の入った土器バケツに浸けて揉んだところ、瞬く間に水が濁った。

それ見た絵里が「うげぇ」と眉間に皺を寄せる。

「こうして種子を綺麗にしたら、いよいよカラシを作っていく」

カラシナの種子を青銅の鍋に移して炒る。乾煎《からい》りだ。

「水分を飛ばしているのかな？」

「正解だ、成長しているな」

「えっへっへ」

ほどなくして種子から水分が消え失せた。

「後はこれを粉々に砕いておしまいだ」

種子を木臼に移す。丸太を削って作った簡素な物だが、これがなかなか役に立つ。

棒状の石器で種子を粉砕していく。種子は大して硬くない為、コツを掴めば苦労しない。

「え？」

俺の作業を見て首を傾げる絵里。

そんな彼女を無視して、俺は最後まで作業を終えた。

「これで完成だ」

カラシナの種子が粉となった。この粉こそ「カラシ」である。

「これがカラシ……？」

絵里はあまり感動していない様子。

「そうだよ」

「カラシって、漢字で書くと辛《つら》い子供の辛子《カラシ》だよね？」

「辛い子供って言い方はどうかと思うが、そのカラシで合っているぞ」

「私の知っているカラシとはなんだか違うので驚いちゃった」

絵里は複雑な表情を浮かべている。戸惑っているようだ。

その反応は想定内だったので、俺は「ふっ」と笑った。

「絵里がイメージしているカラシって、スーパーで売られているような物だろ？　チューブに入っていて、ワサビなんかと同じような感じの」

「そうそう！　それ！」

「そのカラシはこの粉から作ることができるよ」

絵里の顔がパッと明るくなる。

「どうやるの？」

「水を混ぜて練るだけだ」

実演してみせる。

「この粉末は『粉カラシ』と呼ばれる物で、これに水を混ぜた物が絵里の想像している一般的な『カラシ』だ。マスタードと区別する為に『和ガラシ』と呼ばれることもある。ちなみに、マスタードも粉カラシから作ることができるぞ。酢やら何やら材料が必要だし、ウチじゃ使うことはないと思うけどね」

話している間にカラシが完成した。市販の物と大差ない見た目をしている。

「ほれ、できたぞ」

俺はカラシを指ですくい、絵里に近づける。

絵里はパクッと俺の指を咥え、口の中で指先のカラシを舐めた。

「篠宮殿……拙者の前でなんということを……」

背後から田中の殺気を感じるが、危険なので気づいていないフリ。

「からぁい！」

絵里の顔がグチャッとなった。

「市販の物より辛みが強いからな」

俺も味見したところ、思った以上に辛かった。辛子という名前に偽りはない。

「カラシは粉の状態だと一・二年はもつ。使い勝手のいい優秀な調味料だから、冬に備えて多めに備蓄していいかもな。嵩張らないし」

「うん！　そうする！　ありがとう、火影君！」

抱きついてくる絵里。胸の弾力がいい感じ。

睨みつけてくる田中。血管が浮き上がってやばい感じ。

俺は苦笑いを浮かべ、何食わぬ顔で目を逸らした。

「よーし、今日の料理で早速カラシを使うぞー！」

絵里は嬉しそうにカラシを眺めながら、夕食の献立を考えるのだった。

【風邪薬】

カラシを作った次の日、朝食が終わるなり愛菜が言った。

「今日から仕事に復帰するからね！　アジトの外で活動する！」

「かまわないけど、猿の監督だけにしてね。病み上がりだし」

そう返したのは花梨だ。今日も彼女が指揮を執る。

「病み上がりじゃないって！　あたし風邪引いてないし！」

「なら言い直すわ。風邪の心配があるから、今日が終わるまでは控え目にね」

愛菜は不満そうに唇を尖らせた。

「過保護だなぁ花梨は！　火影より過保護！　花梨ママ！」

茶化す亜里砂。まだ作業内容が決定していないのに、釣り竿を持って釣りに行く気満々といった様子。

「過保護なくらいでちょうどいいのよ。火影も控え目にね。分かった？」

花梨の鋭い視線が俺に向く。

「分かってるさ。でも、アジトの外には出るぜ。作っておきたい物がある」

「作っておきたい物って？」

「風邪薬だよ」

「「風邪薬!?」」

「言っておくが市販薬のようなものじゃないぞ。ただの葛粉《くず》だ」

葛粉から作れる葛湯は、風邪の引き始めに効果がある。今回のような、風邪を引くかもしれない、という場面においても効果が期待できるだろう。

「葛粉は名案ね。備蓄しやすいし、あれば安心できる」

「俺もそう考えてな」

「分かった。じゃあ、火影は葛の根を採取して葛粉を作って。愛菜は猿を連れて――」

花梨がてきぱきと指示を出していく。いつも指示する側の俺にとって、こうして指示されるのは初めてのことだ。なんだか不思議な感覚だった。

「篠宮君、葛の根を採取するついでに蔓の方もお願いできないかな?」

花梨の指示が終わるのを待ってから、芽衣子が口を開いた。

「葛の蔓を？　葛布《くずふ》を作るつもりか？」

「やっぱり知っていたんだね」

「一応な」

「葛布って何？」と詩織。

彼女だけでなく、大半が葛布のことを知らないようだった。

「葛の繊維から作る布のことさ。一千年以上前から使われていて、江戸時代でも袴などに用いられていた。通気性に優れている……だよな？」

芽衣子が「その通り」と頷く。

「葛布を作った経験はないけど、葛があるなら挑戦してみようかなって」

「いいんじゃないか。でも、蔓も採取するなら一人だと辛いかもしれないな」

「私が同行いたしましょう」

間髪を入れずにそう言ったのはソフィアだ。

その隣では、陽奈子が「うぅ」と残念そうに肩を落としている。

誰からも異論が出なかったので、同行者がソフィアに決定した。

「ありがとうソフィア、助かるよ」

亜里砂は「ふーん」と天音を見る。

「あたしゃてっきり天音が『お嬢様の外出など認めません！』とかなんとか言って止めるかと思ったけど、そんなことないんだねー」

この発言に対し、天音はいつも通りのそっけなさで答えた。

「たしかに外は危険だが、篠宮火影が一緒なら問題あるまい」

「まぁ火影がいれば安心かー」

天音からの強い信頼を感じる。期待を裏切らないよう頑張らないとな。

「これで今日の役割は決まったね。皆、今日も頑張ろう」

花梨の言葉に、俺達は「おー！」と右手を突き上げた。

◇

俺とソフィアは竹の籠を背負って森の中を歩いていた。互いに制服を着ていて、手芸班が作ったスリッポンスニーカーを履いている。俺の右手には愛用のサバイバルナイフが握られていた。

「この辺りを歩くのは初めてですわ」

「俺も滅多に……というか、二・三回しか来たことないな」

ここはアジトからそこそこの距離がある。動物の数が少なく、さながら深夜のような静けさで、近くに流れているであろう川のせせらぎだけが響いていた。

「篠宮様、質問してもよろしいでしょうか？」

「どうした？」

「葛粉にお湯を混ぜたら葛湯になりますよね？」

「簡単に言うとそうだな」

「葛粉は葛の根からお作りする物ですよね？」

「そうだ」

「では、葛根湯《かっこんとう》というのは何なのでしょうか？　葛の根から作った粉末とお湯を足した物が葛湯なら、葛の根の湯と書く葛根湯とは一体……」

「面白いところに気がついたな」

俺は笑みを浮かべ、左の人差し指を立てて解説する。

「葛根湯とは漢方薬の名前なんだ。効能は同じようなものだが成分が違う。葛の根以外にも生姜やら何やら入っている」

「なのに名前は葛根湯……紛らわしいですわね」

「ごもっとも」

数分後、俺達は葛を発見した。葛の花は紫色で、地面には蔓が好き放題に這っている。周囲の静けさと相まって不気味だ。

「さて、籠に突っ込んでいくか」

まずは蔓からいただくとしよう。

サバイバルナイフで必要な部分をカットし、ソフィアの背負っている籠に放り込んでいく。葛は生命力が高く、隙あらば繁茂して他の木々に迷惑を掛ける為、うっかり種子を落とさないよう気をつけねばならない。

それが済んだら根の採取だ。

ナイフを腰のホルダーに戻し、近くにあった木の棒で土を掘り返す。これがなかなか面倒くさい。木の棒は穴を掘る道具として不適格だし、対象が一般的な葛よりもご立派な巨根野郎ときた。スコップかシャベルを用意するべきだったと後悔。

それでも、のんびり小一時間ばかし作業をすれば終わった。

「こんなところか」

「お疲れ様です、篠宮様」

「ソフィアもよく頑張った」

あとはアジトに戻って葛粉を作るだけだが――。

「戻る前に川で手を洗っていこう。汚れてしまった」

「賛成ですわ」

俺達は音を頼りに森を彷徨い、目的の川にたどり着いた。

「この川は初めて見るが、思ったより小さいな」

「小川と呼んでいいかも悩ましいですわね」

そんな感想を抱くほどに小さな川だった。川幅は非常に狭くて、小柄なソフィアですら悠々と跨げる程だ。魚の類は見当たらず、小さなカエルが快適そうに利用している。

「これほど小さな川の音ですら響くのだから、本当に静かな場所だ」

「落ち着きますわ」

手を洗ったついでに採取した葛の根も洗っておく。アジトで消費する水の量を減らす為だ。

この節水意識がサバイバル生活では重要である。

「そういえば最近、俺も秘密基地を作り始めたんだ」

「秘密基地ですか？」

すぐ隣で俺と同じように葛の根を洗うソフィア。

「ソフィアの秘密基地に触発されてな。アジトのどこかにこっそり作っているところだ。といっても、完成にはまだまだ時間がかかるけど」

「それでしたら、私の秘密基地をお使いになりますか？」

「ソフィアのを？」

「あの時以来、利用していませんので……」

あの時とは、俺達がセックスした時のことだ。

「それは勿体ない。あれほどいい出来なのに」

「そうは言いましても、私にはお相手がいませんから」

ソフィアが何食わぬ顔で距離を詰めてくる。

「ねぇ篠宮様」と、物欲しげな目で見てきた。

「おいおい、外でしたいのか？」

「たまには羽目を外すのもいいではありませんか」

「よほど欲求不満なんだな。前のセックスから二週間も経っていないのに」

「篠宮様のせいですわ。私に快楽の味を教えたのですから、責任を取ってください」

そう言って、ソフィアは俺の首筋をチロリと舐めた。

「いいけど、今日は手だけだぞ。激しく腰を振るのは汗をかくからＮＧだ」

ソフィアは不満そうに「うー」と唸る。

「また秘密基地を使わせてもらうからさ、それで我慢してくれ」

「仕方ありませんわね……」

「ならあそこでイかせてやろう」

近くにあった大きな岩を指し、二人でそこへ移動した。

竹の籠を地面に置き、ソフィアを岩に座らせ、脚を開かせる。

俺は彼女の後ろに座り、後ろから手を這わせた。最初は太ももを撫で、そのままスカートの中へ侵入し、パンツの上から膣に触れる。

「あっ……うっ……」

ソフィアのパンツが湿気っていく。

「まだパンツ越しに触っているだけなのに濡れすぎだろ。淫乱な女だ」

耳元で囁いてやると、ソフィアは小さく喘ぎ、彼女のパンツは尚更に濡れた。

どれほどの愛液が分泌されているかを知る為、パンツの中に手を突っ込んでみる。中は既に洪水状態。ローションを塗りたくったかのような有様だった。

「あー、ぶちこみてぇ」

今すぐにでもセックスしたい気分だ。しかし、花梨に「大人しくしていろ」と言われたことが効いており、それだけはできなかった。ここでセックスしても皆にバレるわけないと分かっているのに、我ながら変なところで真面目だ。

「はうっ！」

陰核《クリ》を擦るように撫でているとソフィアがイッた。体がビクンビクン震えている。

「イイ反応だ」

テンションの上がった俺は、ソフィアのパンツをずらした。剥き出しになった膣に中指を挿入し、膣の内側を刺激する。

「ま、待って……くださ……あっ……今イッて……ああっ……最中……で……ぅ……」

「待たないよ。ほら、もう一発イけ！」

ソフィアの感じるポイントは熟知しているので、そこを執拗に弄ってやる。すると――。

「あああああっ！」

ソフィアはまたしてもイッてしまった。両腕を力なく垂らし、呼吸を乱して、体を俺にもたれさせてくる。

「この調子であと三〇回くらいイかせてやりたいが……」

「ひぃぃぃ」

「今日はこの辺りにしておこう。俺までムラムラしてきた」

ソフィアの喘ぐ声に感化されて、我がペニスが大きくなっていた。

「そ、それでしたら、私が……」

ふらふらの体をこちらに向けると、ソフィアは俺のズボンへ手を伸ばす。ぎこちない手つきでファスナーを下ろし、パンツの奥で眠る息子を取り出した。

「これは、気持ちよくしていただいた、お礼、です」

息を整えながら手コキを始めるソフィア。だが、イッた直後だからか力が弱い。弱すぎる。

息子は物足りなさを訴えていた。

「気持ちは嬉しいが、手はもういい。口でしてもらおう。四つん這いになってくれ」

岩の上でソフィアを四つん這いにさせ、俺は岩から降りた。

彼女の口と俺のペニスが同じような高さになる。

「口を開けて」

「ふぁい……」

「入れるよ」

ソフィアの口にペニスを挿入する。

「あー、やっぱり口のほうがいいなぁ、最高だ」

ソフィアの頭を両手で掴み、ゆっくり前後に動かす。口内の温かさがたまらない。

「お、分かってるじゃないか」

ニヤリと笑う。ソフィアが口の中で舌を動かし、ペニスを舐め回しているのだ。さらには強く吸っており、バキュームによる刺激も気持ちよかった。

この調子だとすぐに射精してしまう。

もう少し楽しみたいので、彼女の口からペニスを抜いた。唾液にまみれたペニスで、ソフィアの唇に軽くキスする。

「舐めているところが見たい」

ソフィアはコクリと頷き、ペニスに舌を這わせる。亀頭をチロチロと舐め回した後、裏筋に

向かう。しかし舐めづらかったようで、右手でペニスの角度を調整しようとした。

「おっと、手は使うな。犬のように舐めている姿がそそられるんだ」

「も、申し訳ございません」

「気にするな。俺が変態なだけだ」

しばらくの間、必死にペロペロしているソフィアを眺めていた。

「そろそろ終わるとするか」

十分に堪能したので射精の時間だ。

再びソフィアの口にペニスを挿入し、彼女の頭を動かす。今度は先程よりも激しくした。それに比例して刺激も強くなり、精液が沸々と滾《たぎ》ってくるのを感じた。

「口の中に出すからな」

小さく頷くソフィア。恍惚とした雌の顔だ。

そんな彼女を見ていると考えが変わった。口内射精は違う気がしたのだ。

「予定変更だ」

「!?」

口に出すことをやめた俺は、ソフィアの口からペニスを抜き、手でシゴく。ギリギリのラインで耐えていた堤防が決壊し、ペニスから白濁の液体が放出される。

それは四つん這いになっているソフィアの顔面にかかった。

「篠宮様……！」

驚いた様子で俺を見るソフィア。その顔からは精液がポタポタと垂れていた。

俺は最高の笑みを浮かべる。

「そこにある川で洗えばいいかと思って、つい」

「つい、じゃありませんわ。全く……仕方ありませんわね」

ソフィアはむっとした顔で岩から降り、川で顔を洗った。

◇

アジトに戻ってきた。

思ったより早く戻ったつもりだったが、そんなことはなかったようで、芽衣子に「思ったより遅かったね」と言われてヒヤッとした。

「では葛粉を作っていこう」

「待っていたでござるー！」

ここからは田中が相手だ。

ソフィアは手芸班のスペースに戻り、作業を再開していた。

「まずは葛の根を粉砕する」

現代の日本では機械でサクッと済ませるが、この世界では手作業になる。適当な石器を使い、ひぃひぃ言いながら潰せば完了だ。もっとも、ひぃひぃ言っているのは一緒に作業をしている田中であって、俺のほうはそれほどでもなかった。

「おいおい、大丈夫か？」

「大丈夫……でござる……」

「とてもそうは見えないが……まぁいいか」

粉々になった葛の根を適当な布で包み、口を捻って漏れないようにする。

それを水がたっぷり入った土器バケツに入れ、強めの力で揉む。

二〇分ほど揉み続けた結果、土器の水が茶色に濁った。

「こんなものでいいだろう」

布の包みを取り出して地面に置いた。

「ついに葛粉の完成でござるか！」

「いや、まだだ。というか、どう見ても粉じゃなくて液体だろ、これ」

「た、たしかに……」

「だが、作業は大詰めに差し掛かっている」

「本当でござるか!?」

「おう」

ここからの作業は繰り返しだ。

土器の水の茶色く濁っている部分——つまり上澄みを捨てる。それによって底に沈殿している白い葛粉の素が姿を現すので、綺麗な水を注いでよく混ぜる。すると再び水が濁るので、上澄みを捨てて水を補充する。あとはこの繰り返しだ。

水の濁り具合は繰り返す度に薄れていく。

「こんなものでいいか」

一〇回くらい繰り返したところで作業を終えた。まだ微かに汚れているが、これ以上は水が勿体ないので妥協する。多少の不純物には目を瞑るのが現実的だ。

「上澄みを捨てたら、沈殿している葛粉の素を適当な容器に移し、丸一日かけて乾燥させる。乾いたら固まるので、それを粉々にしたら完成だ」

「おおー！　素晴らしいでござる！」

「余談だが、全く同じ方法で片栗粉も作れるぞ」

「なんと！　片栗粉が作れるのでござるか!?」

「片栗粉の場合は、材料を葛の根からジャガイモに変えればいい」

「知らなかったでござる……！」

田中の視線が地を這う蛇のようにぬるぬる動き、絵里を捉える。

次の瞬間、彼は持ち場を放棄して走り出した。絵里のもとへ。

「絵里殿、絵里殿！　聞いてくだされ！　拙者、ジャガイモから片栗粉を作ることができるでござるよ！　作り方でござるが――ペラペラ、ペラペラ」

何食わぬ顔で仕入れたばかりの知識を披露する田中。

それに対して、絵里は。

「ごめんね、田中君。もう知ってるんだー」

「ぬおっ……！」

「前に火影君から教えてもらったから！」

「な、なんと、そうでござったか、はは、あははは……。さすす、さすす、流石は篠宮殿でござるな。ははは。では失礼……」

田中がゆっくり戻ってくる。と思いきや、俺の横を通過していった。

「この借りは必ず……！」

通り過ぎざまに意味不明なことを呟く。

「なんでもいいけど、葛粉の作り方を忘れるなよー」

「上澄みは残して沈殿物は捨てる！　分かっているでござるよ、そのくらい！」

「いや、逆だからな、それ」

そんなこんなで、ウチに葛粉が備蓄されるのであった。

【発芽と海水漬け】

数日経って、土曜日になった。

異世界生活五十二日目となるこの日、朝食の際に亜里砂が言った。

「なぁ、やっぱり米を食べようぜぇ！　お米！　お・こ・め！」

食事が豪華になってきたことで欲が出たようだ。気持ちは分からなくもない。

「今でも食べようと思えば食べられるんっしょ？　お米」と、こちらを見る亜里砂。

俺は「ああ」と頷いた。

海食洞《アジト》の上に位置する場所には俺達の作った水田があり、現在はそこで米を栽培している。

水田に使った種籾は、近くにある天然の陸稲《おかぼ》で入手したものだ。

その陸稲より収穫すれば、今すぐに米を食べることができる。普段は「求めているのは手間のかかった最高品質よりもサクッと済ませられるそこそこ品質」という方針なのに、こと米に関しては、わざわざ手間暇をかけていた。

もちろん、これには理由がある。

「じゃあなんで食べないのさー？」

「陸稲の米は質が低いんだ。この島がもっと雨の降る地域ならいいのだが、基本的には晴れが続いているからな。加えて、天然の陸稲は雑草の手入れや肥料の散布が行われていない。収穫した米はまず間違いなく不味い。最初に食う米が美味しくないのは嫌だろ？　うめぇって感動したいじゃん」

日本人の文化には米が根付いている。それ故に米の品質は非常に高く、普通に炊いた米ですらそれだけで食えるレベルだ。スーパーで安売りされている聞いたことのないブランドの米でも、海外産のお高い米より美味いことが多い。

米に関してはそれほどまでに舌が肥えている。だから妥協しない。天然の陸稲で妥協したら、後悔することは目に見えていた。

「たしかに！　でもさぁ、わたしゃ米が恋しいよ！」

「まぁ米以外の物は揃いつつあるもんな」

絵里が急速な成長を遂げていることもあり、食事のレベルは日進月歩で進化している。約二ヶ月前――この世界に来た当初はキノコを焼いて食べていたわけだが、今となってはそのことが信じられないほど充実していた。

「私はお米より調味料がもっと欲しいかなぁ。味の幅を広げたいよ」

絵里は自家製の味噌汁を飲む。それから卵焼きを食べた。

卵焼きと味噌汁……亜里砂でなくとも米が欲しくなる。

「調味料か」

俺は指で顎を摘まみながら考える。

「ブラックペッパーならすぐに用意できるぞ」

「えっ、ほんとに⁉」

絵里が食いつく。

「ブラックペッパーって胡椒だよね⁉」

「そうだよ。近くに胡椒の木があるから、その気になれば作れる」

「欲しい！　欲しい欲しい！　欲しいぃぃぃ！」

「絵里は料理に目がないね」と笑う詩織。

「詩織殿も素敵でござるよ！」

田中が唐突に言い出し、ニチャァとした笑みを詩織に向ける。今の会話のどこに「詩織殿も流石」に繋がるセリフがあったのか分からない。

「あは、あはははは、ありがとう……」

詩織は引きつった笑みで返す。明らかに困っている時の顔だ。

「そうでござろう！　そうでござろう！」

それに気づいていない田中は、何が「そうでござろう」かは分からないが大興奮。最近の田中は、こうして詩織に絡むことがよくあった。髪を切ってもらって以来、ガチ恋モードの対象が絵里から詩織に変わったのだ。

(絵里の時みたいにならないよう、ちょっと釘を刺しておくほうがいいかもなぁ)

と、俺が思っていたところに、別の人間が言った。

「会長、童貞の僕が言うのもなんですが……無理だと思うでやんす」

影山だ。田中のオタク仲間であり、彼の漫画研究会に所属する唯一のメンバーでもある。

その影山が、なんと田中に釘を刺した。

「ぬ、影山殿……」

「火傷する前に諦めたほうがいいでやんす」

「いや、まだ分からぬでござる！」

「男は引き際が大事って、渋いおっさんキャラがいつも言っているでやんすよ」

「ぐぬぬ……」

「影山の方が田中よりも先に童貞を卒業できそうだね」

花梨の発言に、アジト内が爆笑に包まれた。

◇

土曜日なので、朝食後は各々が好きなように活動を始めた。

愛菜は猿軍団と、ソフィアは天音と一緒にどこかへ消えていく。マッスル高橋《たかはし》は筋肉量の低下を嘆きながら筋トレに励み、吉岡田は引きこもって設計図を描いている。朝倉姉妹は影山を連れて手芸で使う材料の調達に出かけた。

「小野ちゃんも来る？　釣り竿のメンテが終わったら田中と釣りに行くけど」

「いいの？」

「もち！　田中と二人きりとか襲われそうで不安だしなぁ！」

「そんなことしないでござるよ！　襲ったところで拙者が負けるでござろう」

「それもそうだなぁ！」

亜里砂と田中が豪快に笑う。詩織も楽しそうだ。

「よーし、準備完了！　釣りに行くぞー！　田中、荷物を持てぃ！」

「承知でござる！」

「なるほど、田中君は荷物持ちなわけね」

「力仕事は男の役目でござるからな！」

「私より非力なくせしてよく言うよ」

愉快そうにアジトを出て行く亜里砂達。

「あ、私もついていくよ。川エビを回収したいから」と、花梨が後を追った。

残ったのは俺と絵里だけだ。

「さて、俺達は胡椒の採取だな」

「うん！　よろしくね、火影君！」

二人で外に向かう。

俺達の予定はブラックペッパーを作ること。

しかし、その前に小麦畑の様子を確認しておいた。

「ついに出たか」

「おおー！　芽だー！」

いよいよ畑の土から芽が出始めていた。いい感じだ。

ついでだからお隣の水田へ行き、合鴨に餌をあげることにした。

「ねぇ火影君、どうしていつも同じ場所で餌をあげるの？　絶対にそこであげるように徹底してるよね。他のところじゃ駄目なの？」

そう、俺は合鴨の餌やりポイントを固定している。これは他のメンバーや猿にも徹底させていた。必ず今いる場所——水田の四隅の一角——で餌をあげること。他の場所からの餌やりは禁止だ。

「同じ場所で餌をやることによって回収しやすくしているんだ。こうして同じ場所で餌をあげていれば、ここに立つだけで合鴨達は餌がもらえると思って寄ってくるだろ？」

「たしかに。今も勝手に近づいてきた！」

「合鴨はいずれ水田から引き上げる。でたらめな場所で餌やりをしていると、その時に不毛な鬼ごっこをする羽目になりかねない。それは非効率的だし、作物を傷つけてしまう恐れがある」

「最初の段階からそこまで考えているんだ」

「農業ってのはそういうものさ」

「カッコイイね、相変わらず」

合鴨の餌やりが終わり、いよいよ胡椒の採取へ——と、その前に。

「あ、そうだ。絵里に教えてやろうと思って忘れていたことがあった」

「え、なになに？　料理関係？」

絵里の目がキラキラしている。

あまりの食いつきように笑いながら「そうだ」と答えた。

「漬物の作り方を教えてやろう」

「漬物!?　知りたい！」

「すぐに済むし、ブラックペッパーの前に漬物を作るか」

「わーい！　やったー！」

アジトから出て間もないが、ひとまず戻ることにした。

◇

「作るのは海水漬けだ」

「海水漬けって、たしかイノシシの肉を保存するのに使っていたよね」

「そうそう。肉の海水漬けは絵里が発案者だったよな」

「うん！」

アジトで活動を始めてすぐの頃、生肉の保存に海水漬けを利用していた。肉の塊が入った土器バケツに紐を付け、それを海に沈めるという前代未聞の方法だ。

今はメンバーの数が増えて余ることがなくなったし、アジトの奥で発見した冷蔵庫代わりの極寒空間があるのでやらなくなっていた。

「今だからこっそり言うとね、あの海水漬けは火影君の干し肉作りを見ていて閃いたの」

「そうだったのか」

「干し肉を作る時、スライスしたお肉を海水の入った土器に漬けて寝かせていたでしょ？」

「たしかに。でも、干し肉の場合は土器を広場に置いていたぞ。あれを見ても、『そうだ！

土器に紐を付けて海に沈めたらいいんじゃない！』なんて閃かないぞ、普通」

「あはは。あの時の私は普通じゃなかったんだよ、きっと」

絵里は愉快げに笑った。

「それでは野菜の海水漬けを始めるとしようか。大根やキャベツ、それに人参辺りは海水漬けにすると美味いんだ」

今回は人参を使うことにした。

カットした人参を海水の入った容器に漬け、その上に昆布を敷く。

あとは蓋をして、その上に重石を乗せれば完成だ。

材料さえ揃っていれば五分もかからずに作業が終わる。

「えっ!?　これだけでいいの!?」

「お手軽だろ？　これで通常よりも日持ちするし、味の幅が広がるぞ」

「なんでもっと早く教えてくれなかったのよー！」

絵里が頬を膨らませながらポコポコ叩いてくる。動きに合わせて彼女の長い黒髪が揺れ、甘い香りが鼻孔をくすぐってきた。

「とまぁこんな感じでサクッとできるから、暇があったら作ってみてくれ」

「分かった！　絶対に作る！　今日中に作る！」

「じゃ、次はブラックペッパーだな」

海水漬けを伝授したので、満を持して胡椒の採取に向かった。

【胡椒の加工】

「えっ、あれが胡椒の実!?」

実際に胡椒の実を見た絵里は、思っていた通りの反応を見せた。唐辛子を欲する彼女にウルピカを教えた時と同じ驚きようだ。ちなみに、ウルピカは上手に活用されている。

「ブラックペッパーだから実の色が黒だと思っていたな？」

「そうなの」

「残念ながら正解は緑色さ」

加工前――つまり生の胡椒の実は緑色だ。グリーンピースによく似ている。口頭で外見を説明するなら「色合いの濃くなったグリーンピースっぽいもの」と言うのが分かりやすいだろう。

そんな緑色の実が、細長い房にたくさん付いていた。

「見ての通り、このままだとブラックペッパーとは言えない」

「黒くないもんね。それに一粒一粒が大きい」

「だから加工するんだけど、その方法は海水漬けよりも簡単だ」

「海水漬けよりも簡単なの!?　どうやるの？」

「まず、房から取り外した実を天日干しにする」

「うんうん、それで？」

「以上だ」

「えっ」

「天日干しにするだけでいいんだ、マジで」

「わお！　それだけでできちゃうんだ!?　ブラックペッパーが！」

大袈裟なまでの驚きようを見せる絵里。その姿は外国の通販番組を彷彿させた。

「胡椒の加工方法は色々あって、それによってホワイトペッパーやグリーンペッパーにもなるよ。他にもピンクペッパーとかいうのがあるらしいけど、それについてはよく分からん！」

「ホワイトペッパーとグリーンペッパーって、ブラックペッパーと比べてどう違うの？」

食いつきまくりの絵里に対し、俺は胡椒の実を採取しながら答える。

「ブラックペッパーよりもホワイトペッパーの方がまろやかだと言われている。例えば白身魚の場合、主張の強いブラックペッパーよりも上品なホワイトペッパーで仕上げる方がいいらしい。ま、俺からすればどっちでも一緒だけどな」

「じゃあグリーンペッパーは？　グリーンペッパー！」

俺は苦笑いを浮かべた。

絵里の脳内では、既に色々なレシピが浮かんでいるのだろう。

「グリーンペッパーはブラックペッパーよりも主張が控え目でさっぱりしているらしい。それに色が緑だから、見栄えを良くするのにも使われるそうだ」

「そうなんだ！　作り方はどう違うの？　ホワイトペッパーとグリーンペッパーはどっちも簡

単に作れる？　簡単だと嬉しいなぁ！」

「作れるよ。それより落ち着け！　あと作業を手伝ってくれ！」

「ご、ごめん、興奮しちゃった」

絵里は舌を出し、恥ずかしそうにペコペコと頭を下げる。

「ほんとウチの総料理長は料理に目がないな」

「えへへ。私の料理で笑顔になる皆を見るのが嬉しくて、ついつい……」

一緒に作業をしながら、俺は話の続きをしてあげた。

◇

胡椒は多めに採取した。

日持ちするし嵩張らないので、採りすぎて困ることはない。

「火影君、こんな感じで大丈夫？」

「どれどれ」

俺は絵里の設置した竹ざるを確認する。

事前に説明した通り、ざるに胡椒の実を並べ、その上に別のざるを重ねていた。上のざるは実が風で飛ばされるのを防ぐ役割だ。

「いい感じだ」

「残った実はグリーンペッパーにすればいいんだな？」

「うん！　おねがい！」

「了解」

アジトから持ってきた手頃な大きさの容器に胡椒の実を入れた。容器には大量の塩が入っているので、胡椒の実とよく絡めておく。

天日干しではなく塩漬けにする――これがグリーンペッパーの作り方だ。

「こっちの作業は終わったぞ。ホワイトペッパーのほうはどうだ？」

「もう少しかかりそう！」

絵里は必死に胡椒の実の皮を剥いていた。

ブラックペッパーやグリーンペッパーを作るのに使った実が緑色だったのに対し、ホワイトペッパーを作るのに使う実の色は赤色――つまり完熟したものだ。

「なんでホワイトペッパーは赤い実で作るの？」

「胡椒の専門家じゃないから詳しいことは分からないが、おそらく熟して赤くなった実のほうがマイルドな風味になるのだろう。ホワイトペッパーはブラックペッパーよりもまろやかな味なわけだし、作り方にしたって刺激を抑える為に一手間加えている」

一手間というのは皮を剥く作業のこと。胡椒の辛みの大半が皮からきている。

「これで完成ー！　次はどうしたらいいのかな？」

自分の肩を揉む絵里。細かい作業だったから凝ったのだろう。

「ブラックペッパーと同じで天日干しにするんだ」

「了解！」

「手伝おうか？」

「ううん、大丈夫！」

てきぱきとホワイトペッパー用の実を天日干しにしていく絵里。

「できたー！　ありがとうね、火影君！」

「おう、お疲れ様」

作業が終わり、ふぅ、と一休み。

それも束の間、絵里が「いけない！」と何かを思い出した。

「お昼の準備がまだだった！」

「たまには休んでもいいんだぞ」

「ううん、私が作る！　それに、作ってみたいものがあって」

「作ってみたいものって？」

絵里が「お弁当」とニッコリ。

「前に詩織が弁当箱を洗っているのを見て思ったの。これなら外でも空腹を満たせるって」

「たしかに。天音や影山は偵察任務で昼を抜くことが多いからな。弁当箱自体は詩織に借りればいいし、俺の持っている角型クッカー——蓋の付いた小型調理器具のこと——も使えるだろう。もっと数が必要なら漆器で作ればいい」

「そういうこと！　だからね、お弁当の試作品を作ってみたいの」

「いいアイデアだ」

絵里は「えへへ」と笑い、「そんなわけで！」とアジトへ駆け込んでいった。

どんな弁当を作るのか、今から楽しみだ。

「俺は昆布とわかめの補充に行くか」

絵里を見送ってから海辺へ移動し、そこで服を脱ぎ始める。

しかし、貫頭衣とシャツを脱いだところで手が止まった。

詩織がやってきたからだ。

「あれ？　亜里砂達と釣りに行っているんじゃ？」

「そうだったんだけど、釣りは合わないなって」

「もしかしてミミズか？」

「そうなのよー……」

詩織が苦虫を噛み潰したような顔で項垂れる。

「女子にとってミミズを針に付ける作業はきついよな」

「バリバリの都会っ子だからね。恥ずかしながら抵抗ありまくりで……」

「気持ちは分かるよ。亜里砂も最初はミミズを嫌がっていたんだぜ」

「え、そうなの!?　そんな風には見えなかったけど」

「慣れたのさ。そういえば、花梨もミミズが嫌で釣りをしなかったな」

「さっきも亜里砂にミミズを近づけられて怒ってたよ」

「亜里砂のやりそうなことだ。容易に想像できる」

「火影君は何をしていたの？　海に潜るところ？」

詩織が舐めるように見てくる。

パンツと靴下のみの変態スタイルなので恥ずかしい。

「そのつもりだったけど、何かするなら手伝うよ」

「何かするっていうか、私も海に潜ってみたいかも」

「泳げるなら歓迎するが」

「大丈夫！　小学校の頃は水泳教室に通っていたから！」

「なら問題ないな」

俺は残りも脱いだ。不思議なもので、変態スタイルの時よりも恥ずかしさが薄れた。

「そっか、水着がないから全裸になるんだ」

「服を着たまま泳ぐのは危険だからな。抵抗があるなら一人で行くが」

「ちょっと恥ずかしいかも。……でも、私も海に潜りたい！」

詩織が「見ないでよ」と釘を刺してから服を脱ぎ始めた。

俺としてはその言葉に従いたかったが、残念ながらそうもいかない。

「ちょっと！　ガン見してるじゃん！」

「海ではぐれたら危険だからな。潜りたいなら裸を見られることに慣れておくんだな」

「うぅ……こんなことならダイエットしとけばよかった……」

「十分に引き締まったいい体だと思うぞ」

詩織はモデルのような体型をしている。胸の大きさもそれなりにあって美しい。

「じろじろ見過ぎでしょ、火影君」

両腕で胸を隠す詩織。それがまた俺のペニスに訴えかけてくる。

今は寸前のところで我慢しているが、油断すると勃起してしまいそうだ。

「いやぁ、あまりにもいい体だから見とれてしまったよ」

「もう……！」

よほど恥ずかしいようで、詩織の顔は真っ赤になっていた。

それが当然の反応だろう。男の前で素っ裸なのだから。女性陣の中で躊躇なく無表情で全裸になれるのは天音くらいだ。

「よし！　潜りに行くぞ！」

海に向かって走り出す俺。

「あ、待って！　火影君！」

詩織が呼び止めてきた。

「今度はどうした？」と、振り返ってすぐに気づいた。

詩織が何かを目に装着するジェスチャーを繰り返していたからだ。

「そうか、ゴーグルを忘れていた」

奇跡的にもこの世界に持ち込んでいたゴーグルは、海で活動する際の必需品だ。

「ちょっくらアジトに戻って取ってくるよ。詩織の分も持ってくるから待っていてくれ」

「えっ、ちょ、火影君、服は!?」

「全裸でも問題ないさ。俺の裸なんて誰でも見たことあるし」

などと俺は思ったのだが、それは大きな間違いだった。

「あ、おかえり――っちょお！　なんで裸なの!?」

「篠宮さん、変態すぎませんか!?　どうぞ」

絵里や吉岡田、それに手芸作業をしていた朝倉姉妹に呆れられるのだった。

【看病ｏｒ監視】

この世界の海は本当に面白い。

大小様々な魚が、地球ではあり得ない組み合わせで泳いでいる。さながら水族館のようであり、それを自然の中で堪能できるのだからたまらない。健康上のリスクに配慮して最小限にとどめているが、そうでなかったら毎日でも潜っているだろう。サバイバルマンから素潜りハンターに転向していたかもしれない。

「ワカメと昆布はこのくらいでいいだろう」

「火影君、あと少しだけ海を楽しんでもいい？」

「いいぜ」

アジトにワカメと昆布を運んだ後も、俺と詩織は海で過ごしていた。

詩織は魚と戯れるのが好きらしい。彼女の伸ばした指に魚が口をチュッとすると、嬉しそうに微笑んでいた。

一方、俺はというと……。

(お願いだから過度にじゃれてくるなよ、頼むぞ、マジで)

体をスリスリしてくる海のギャングにヒヤヒヤしていた。

――シャチだ。

ずば抜けて賢い海の支配者であり、前に俺を襲おうとしたホホジロザメですらカモにする。

そんなシャチだが、人間を積極的に攻撃することは滅多にない。それどころか友好的で、例えば今のように、仲良くしようとじゃれてくる。

しかし、これはこれでよろしくない。

シャチのパワーがとてつもなく強いからだ。相手はじゃれているつもりでも、こちらにとっては攻撃になっている場合がある。大けがで済めばまだマシなほうで、運が悪ければ普通に死ぬ。

厄介なのはシャチに敵意がないことだ。ただ楽しく遊んでいるだけなので、シッシッと追い払っても離れやせず、逆に「遊んでくれているぞ！」とばかりに喜んでしまう。

そんなわけで不安な時間が続いたのだが――。

（大丈夫そうだな、たぶん）

俺にまとわりつくシャチは、人間に対する理解度が高かった。愛情たっぷりの体当たりをする気配はまるでなく、むしろ割れ物を扱うかの如く優しく接してきている。

俺も次第に安心してきて、そうなると愛着が湧いてきた。

数分後――。

「見てくれ、詩織」

こちらに背を向けている詩織に声をかける。

彼女は巧みな立ち泳ぎによって体勢を維持したまま、群がってくる魚と楽しんでいた。

「どうしたの――って、何しているの火影君!?」

振り返って俺を見た瞬間、詩織は顎が外れそうな程に驚愕した。抜群の安定感を誇る立ち泳ぎが乱れ、一瞬だけ溺れそうになる。びっくりした魚群が蜘蛛の子を散らすように逃げていった。

「イルカ乗りならぬシャチ乗りだぜ！」

俺はシャチに跨がった状態で手を振る。

シャチは嫌がる素振りを見せずに大人しくしていた。

「そんなことできるの!?　凄ッ！」

「シャチは賢いからな！」

「そうだけど、だからっていきなり乗るなんて無理でしょ。この前だってサメと仲良くしていたし、さっきはイルカの群れと楽しそうに遊んでいたよね。火影君には魚に好かれる才能があるんだよ、きっと！」

「否定できんな。短期間でここまで仲良くなれているし」

「羨ましいなぁ」

「詩織だってたぶん乗せてもらえるよ。試してみるか？」

「そうしたいけど……怖いから遠慮しとく！　流石にシャチに乗る勇気はないよ」

「賢明な判断だ」

と言いつつ、俺はシャチから降りる気がなかった。

それどころか、調子に乗ってシャチに命令する。

「走れ！　ゴー！　ゴー！　ぶっとばせ！」

この命令はよろしくなかった。

賢いシャチは俺の言葉を的確に理解し、猛スピードで泳ぎだしたのだ。たしかにぶっとばせと言ったが、遠慮知らずの急加速を繰り出すとは思いもしなかった。

「うわあああああ！」

当然、俺はそのスピードについていけず、一瞬で吹き飛ばされてしまう。

浮いた体が海に叩きつけられた。

「火影君!?」

詩織が血相を変える中、俺は海面に右手を出し、グッと親指を立てる。

「問題ないぜ——って、やばいぞ！」

シャチがUターンして戻ってきた。

俺の身を案じているようで、全力で突っ込んでくる。

「待て待て待て！　止まってくれぇぇぇぇ！」

両手をシャチに向け、必死になって訴える。

その言葉が通じたのか、シャチは俺の手前でピタリと止まった。ゆっくり近づいてきて、体をすりすりしてくる。

「心配させてすまなかった。人間は海の中だとザコなんでな、次は手加減してくれ」

俺はシャチの身体を撫で、性懲りも無く跨がった。

◇

昼食の時間になったので海遊びはおしまいだ。

シャチや魚群に別れを告げ、俺と詩織はアジトに戻った。

濡れた体を乾かし、服を着て、焚き火で暖を取る。

それが済んだら、皆と一緒に昼ご飯を食べることにした。

「どうかな？　美味しい？」

絵里が不安そうな顔でこちらを見る。

俺の視線は自身の手元にある漆器の弁当箱へ注がれていた。

今日のお昼ご飯は試作の弁当である。

「初めてとは思えないほどグッドだ」

食べ盛りの男子高生には少し物足りないサイズの可愛らしい箱に、色々な料理が詰め込まれている。この島で作ったとは思えないほど彩りが鮮やかで、味も素晴らしく、まさに非の打ち所がなかった。

「絵里殿の手作り弁当……感動するでござるな！」

「学校でこれを食べていたらリア充でやんすよ！」

「素晴らしいでマッスル！」

「たまりませんね、どうぞ！」

俺達のような冴えない野郎は、女子の手作り弁当に弱い。

しかも、作ったのが絵里のような美少女となれば尚更だ。

この世界だとリア充寄りの俺でさえウキウキで頬張った。

「天音はどう？　美味しいかな？　私の弁当」

「当然だ。見た目、味、栄養バランス、全て素晴らしい」

「よかった！　今度からお弁当を用意するからね！　偵察任務が快適になるよ！」

天音は「感謝する」と頭を下げた。

◇

問題が起きた。

昼食が終わってすぐのことだ。

「ごめん、はっちゃけ過ぎちゃった」

そう言って布団の中で横になっているのは詩織だ。

なんてこった彼女はダウンしてしまった。

原因は分かっている。遊び過ぎによる疲労だ。

「海は体力の消耗が激しいからほどほどにするべきだったな」

「本当にごめん……」

「気にするな。これでも飲んでおくといい」

作りたての葛湯を飲ませる。

葛湯が活躍するのはもっと寒くなってからだと思っていたが、そんなことはなかった。

葛粉を作ることにしたのは英断だったな、と心の中で自画自賛する。

「ありがとう。でも心配しないで。別に風邪を引いたわけじゃないから」

その言葉通り、詩織にはクシャミをはじめとする風邪の症状が出ていない。水分不足や疲労困憊に起因する一時的な体調不良といったところだろう。

とはいえ、油断することはできない。

体力が低下すると免疫力も下がり、それによって風邪などの病気を誘発しかねないのだ。

したがって、彼女にはしっかり休んでもらうことにした。

「一応、傍にいるよ」

俺は詩織のすぐ隣——花梨か誰かの布団の上で胡座をかく。

「本当に大丈夫だって。別に病気とかじゃないし、こういうことは美容師をしている頃にもあったの。ちょっとしたら回復するから看病なんて不要だよ」

「看病？　ふっ、それは違うな」

俺はニヤりと笑った。

「これは監視だ。詩織が無理をしない為のな」

「あはは、火影君は優しいね」

「そんなことないだろ、これが普通だ」

口には出さなかったが、俺は責任を感じていた。

もう少し海を堪能したいと言う詩織を止めなかったのは俺のミスだ。彼女にとっては初めての海なのだから、余力がある内にアジトへ戻るべきだった。それなのに、あろうことか一緒になって限界まで遊んでしまった。

「そんな顔しないでよ、悪いのは私なんだから」

どうやら俺の心中は顔に出ているらしく、詩織に考えを読まれてしまう。

「すぐに回復するから、もう少しだけ待ってね」

そう言って笑う詩織の顔には力がなく、散っていく花のような儚さがあった。

「なんて顔で言いやがるんだよ」

俺は苦笑いを浮かべ、詩織の頬を指で撫でる。

その指を、「ありがとう」と掴む詩織。

なんだかいい感じの空気が流れている――と、思ったら。

「篠宮さん、すみません、今、設計図作りが佳境でピリピリしているんです。イチャイチャされるようでしたら自分は奥に行きますが？　どうぞ」

すぐ近くで作業中の吉岡田が、棘のある口調で言ってくる。

彼の設計図に関する作業は、ここしばらく停滞していた。そのせいか気が立っているようだ。

「邪魔して悪かったな。俺達が移動するよ。暗いほうが詩織も休みやすいだろうし」

俺は布団ごと詩織を持ち上げた。

「ちょ、火影君!?　自分で歩くよ！」

「遠慮するな。カットのお礼とでも思っていてくれ」

詩織をお姫様抱っこして歩き出す。

「なんだか嬉しいような恥ずかしいような……布団のせいで雰囲気が出ないし」

「ここで雰囲気が出ても困るだけさ」

アジトの奥へ向かい、いくつもある分岐路を迷うことなく進む。迷わないのは道を覚えているからでもあるが、何より壁に印を付けているのが大きい。

もっとも、印があるのは手前——厳密には湖までだ。アジトは入り組んでいる上に広大で、未だにその全容を把握できていない。探索する暇もなかった。

「よいしょっと」

詩織を下ろして隣に座る。

すると彼女は布団から右手を出し、手招きしてきた。

「火影君も入りなよ」

「一緒に布団で寝ようってお誘いか？」

「そうよ」

昔だったら「これってひょっとしてセックスフラグ!?」などと興奮したところだが、経験を積んだ俺は「ただの添い寝だろう」と考えていた。故に、我がペニスも小さいままだ。

「入るのはかまわないが、かなり狭くなるぞ」

布団はシングルサイズなので、一人でちょうどいい。俺まで入ったら窮屈で仕方ないだろう。

「いいのいいの。私だけ横になっているのは申し訳ないから。それに、狭い布団を二人で利用するのってなんだかドキドキするでしょ？　しない？」

「まぁ、多少はな」

「だからほら、入って入って！」

「そう言うなら」

断る理由がないので、俺も布団に入った。

背中を向け合う。

「さすがにきつきつだね」と笑う詩織。

「だからそう言っただろ」と苦笑いの俺。

互いの背中が当たっている。密着度一〇〇パーセントだ。

にもかかわらず、俺のペニスは相変わらず鳴りを潜めていた。

わずか二ヶ月足らずの間にここまで性に強くなるとは、我ながら成長——ウッ。

「ちょ、何をしているんだ!?」

詩織は体をこちらに向け、小悪魔的な笑みを浮かべた。まるで何事もないかのように、布団の中で俺のペニスを撫でている。ズボン越しとはいえ、撫でられると無反応では済まなかった。

「嫌かな？」

「もちろん嫌じゃないが……理性の箍《たが》が外れて暴走してしまうぞ」

話している最中にも大きくなっていくペニス。一瞬にしてヘナヘナからガチガチに変貌した。

「暴走されて嫌だったらしないよね、こんなこと」

いやらしい手つきですりすりしてくる。

「それもそうだな」と返し、俺は彼女に覆い被さった。

理性というものを捨て去り、彼女の手首を押さえて、首筋をチロチロと舐める。

「あっ……はぁっ……」

詩織の口から気持ちよさそうな声が漏れる。

テンションの上がった俺はその先へ進もうとする――が、その前に。

「体調は大丈夫なんだろうな？」

「もう回復したから平気だよ。絶対に大丈夫」

「絶対に絶対か？」

「うん、絶対に絶対！」

「なら安心だな」

問題ないだろう、とは思っていた。ここへ運んできた時点で、詩織は目に見えて回復していたのだ。自己申告の通り、体調不良は一時的なものだったようだ。

もっとも、そうでなければ誘われたところで応じなかった。

「あと一つ質問がある。どうして俺を誘ったんだ？」

詩織の耳たぶをはふはふと咥えながら尋ねる。

彼女は甘い声で喘ぎながら答えた。

「ぶっちゃけると、私、性欲が強いほうなんだよね。火影君のグループに入れてもらって生活が落ち着いてきたらムラムラしてきちゃって……。でも、グループで活動していると一人で性欲を処理するのは難しいでしょ？」

「で、海に潜る時に俺のペニスを見て我慢できなくなったわけだ？」

「相手が火影君なら後腐れもなさそうだしね」

「ヤリチンって言いたいわけか」

「モテモテだからさっぱりしていそうってことだよ」

「物は言い様だな」

俺達の会話はそこで終わった。

そこから先は嬌声や荒い息づかいだけが響いた。

互いに服を脱ぎ、肌を重ね、獣のように舐め合う。

「挿入……しないの……？」

膣にペニスをこすりつけていると、詩織が訊いてきた。彼女の顔は真っ赤に火照っており、表情は恍惚としている。

「したいけど、今はゴムを持っていないんだ」

「紳士だね」

「妊娠させたら島での生活に支障を来すだろ？」

「真面目かっ！」

「リーダーだからな」

ずぶ濡れの膣に中指を入れて、手でイかせる。

「話の続き……だけど……」

そこで言葉を切り、詩織は呼吸を整えた。

「私、生理が強いからピルを服用しているの。だから大丈夫だよ」

「――！　中に出しても問題ないのか？」

「うん」

「ならば入れよう。今すぐ入れよう」

弄りすぎて大きくなった詩織の乳首を舐める。

「あっ……それぇ……！」

敷き布団の角をギュッと掴んで喘ぐ詩織。膣から追加の愛液が分泌された。

「我慢できないから挿入するよ」

「うん……でも、私、初めてだから、痛がるかも……そうなったら、ごめん」

「大丈夫。実は俺、こう見えてヤリチンなんだ」

「自分で言うかっ。でも分かるよ。ここの女子は皆、火影君に惚れているもんね」

「惚れているかは分からないけどな」

詩織が初体験とのことだから、膣を慣らしておくことにした。

もはや処女の相手も慣れたものだ。

「ゆっくり入れるからな」

ペニスの先端を詩織の膣に当てる。

指で陰核《クリ》を撫でつつ、慎重に挿入していく。

にゅるり、にゅるりと、ペニスが奥に向かう。

「あぁぁ……凄い……凄く気持ちいいよ……火影君……！」

「痛くないか？」

「うん、大丈夫……気持ちいい……！」

詩織は俺の腰に腕を回し、自分のほうへ引く。早く奥まで突いてくれ、と催促しているのだ。

性欲が強いと自称するだけのことはある。

「やっぱり処女は締まりが最高だな。キツキツでたまらん」

膣の締め付けを堪能しながら腰を振る。

「奥、奥に当たってる……火影君の……アレが……当たってる！」

「手やおもちゃを使って自分でやるのとは大違いだろ？」

詩織の子宮をペニスでグリグリする。

「あああああっ！　らぁ、それ、すごぉ、……あぁぁっ！」

体をクネクネさせ、唾液をまき散らしながら喘ぐ詩織。

そんな彼女を見ていて思う。やはりセックスはモノが違うな、と。

乳首を舐めるだとか、指でイかせるだとか、そんなものは単なる前戯だ。引き立て役に過ぎない。やはり膣にペニスをぶち込むのこそ最高だ。

「中に出す前に上の口も堪能していい？」

「い……いよ……」

詩織は仰向けのまま、口を開いて舌を出した。

俺は膣からペニスを抜いて移動し、愛液にまみれた息子を詩織の口に突っ込む。

ペニスの裏筋に彼女の舌が絡みつく。

「上の口も気持ちいいなぁ」

喉にペニスが突き刺さらないよう浅めの腰振り。

ジュポジュポと淫らな音が響く。

控え目に腰を振っているのに、気持ちよくて射精しそうになった。

(せっかく中出しできる状況なんだから、口に出すのは勿体ないな)

極上のフェラを堪能したので、再びペニスを膣に近づける。

だが、膣口や陰核に擦りつけるだけで挿入はしない。

「もう一回ぶち込んで欲しい？」

ニヤニヤしながら尋ねる。

「う、うん……」

「だったらお願いしてくれよ」

「うぅぅ」

唸る詩織。

しかし体は正直なようで、その数秒後には観念した。

「中……中に入れて……ください……！」

「入れるだけでいいのか？　中出しして欲しくないのか？」

「欲しい……です……中に……」

「仕方ないなぁ！」

上機嫌でペニスを挿入する。

体を密着させた状態で激しく腰を振った。

「ひぐぅ！　イク、イク！　イッちゃうよ、火影君」

「もう何度もイッてるだろ！」

「ひあっ、あっ、あああっ！」

「俺もイクッ！　――ウッ！」

溜まりに溜まった精液がビュルルと放出され、漏れなく子宮へ注がれていく。

「凄い……！　中に広がっていく感じがする……！　熱い……！」

「お望み通り中に出したからな」

俺は詩織の隣に寝そべった。体の半分が布団から出ていて、冷たくて硬い岩肌が当たっている。気になったが、空気を読んで黙っておいた。

「ありがとう、火影君」

詩織は俺の腕に抱きついてきて、うっとりした目で見てくる。

「疲れを癒やすはずが余計に疲れてどうするんだよな」

「あはは。でも、すごく気持ちよかった」

「俺もだ」

「また抱いてね」

天井を眺めながらピロートークをし、セックスの余韻に浸った。

【設計図の問題】

九月八日、日曜日――。

異世界生活五十三日目となる今日、俺は。

「どうだ陽奈子、これが俺と一つになるってことだ！」

「ひあっ……！　あっ、ほ、火影さん……ひっ、あぅ！」

陽奈子とセックスした。

昼食が終わってすぐ、アジト内の湖で泳ごう、と誘われたのがきっかけだ。

湖で飼育している合鴨夫婦の世話をした後、俺達は泳いだり水を掛け合ったりして楽しんでいた。そうやって戯れている内にムラムラしてきて、気がつけばイチャイチャし始め、さらに発展してズコバコした。

陽奈子にとっては今回が人生初のセックスであり、俺からしても彼女とのセックスは今回が初めてのこと。

当然、このセックスは思い出に残る貴重なイベントである。

しかし、今日のメインイベントはこれではなかった。

夕食後、吉岡田から重大な発表があったのだ。

花梨さんと付き合うことになりました、と。

――嘘である。

「お待たせしました、どうぞ！」

ついに高床式住居の設計図が完成したのだ。

俺達は「うおおおお！」と大興奮。

これでまた、文明が前に進んだ。

「今日は遅いし、詳しいことは明日にしよう」

ということで、この日は大人しく風呂に入って寝ることにした。他の人はどうか分からないが、俺と陽奈子はセックスによる疲労があったので、布団に入るなり一瞬で眠りに就いた。

いよいよ明日、設計図を使った建築作業の幕開けだ！

◇

翌日。

九月九日というゾロ目の日に、俺達の家づくりが始まろうとしていた。

料理長の絵里と偵察任務の天音を除き、手芸班も含めた全員で作業に取り組む予定だ。

「こちらが設計図です、どうぞ！」

ウキウキで朝食を終えると、吉岡田から設計図を受け取る。

俺は一目見て「なるほど」と呟いた。

「俺達みたいな素人でも分かるよう、独自の書き方にアレンジしてくれたわけだな」

設計図に関する知識は全く持ち合わせていないが、それでも直感的に内容が理解できた。各材料のサイズや作業内容がよく分かるし、完成したらどのような姿になるのかも把握できる。

吉岡田の奴、待たせただけあって相当なクオリティに仕上げてきていた。

「分かりやすいのはさることながら、質もプロの職人に通用する自負があります、どうぞ！」

ドヤ顔で胸を張る吉岡田。

皆が「おー」と感心し、惜しみない拍手を送る。

「たしかに分かりやすいな」

そう言った後、俺は「だが……」と付け加えた。

「これ、無理だぞ」

「え、無理？　どうぞ？」

驚く吉岡田。

「分かりやすいからこそ断言できるが、この設計図じゃ家を建てるのは不可能だ」

「どうしてですか!?」

前のめりになる吉岡田。よほど衝撃的だったようで、「どうぞ」を付け忘れていた。

「この設計図、すごくいい感じじゃん。なんで無理なのさ？」

尋ねてきたのは亜里砂だ。俺から奪い取った設計図を凝視している。

「見て分からないか？」

「んー、分からない！」

「ちょっとあたしにも見せてー」

愛菜が隣から設計図を覗き込む。

「本当だ、分かりやすい！　すごいね、吉岡田」

彼女も最初はこうして感心するのだが……。

「あ、でも、これ無理だよ」

最後には俺と同じことを言った。

「ど、どうして……どうぞ……」

呆然とする吉岡田。

「私にも見せてくださいませ」

「拙者も見たいでござる！」

一人ずつ設計図を確認していく。

設計図を見た者は例外なくクオリティの高さを褒め、それから「無理」と断言した。

「なんで無理なのさー？」

最後に亜里砂がもう一度、設計図を確かめる。

「あっ、そっかぁ！」

どうやら気づいたらしい。

「吉岡田、この設計図は無理だよ！　無理！」

こうして全員の口から「無理」の言葉が出揃った。

「な、何がいけないのですか、どうぞ……」

吉岡田は目に涙を浮かべながら崩れ落ちる。

その様を見ていると可哀想でならなかった。皆も同じ気持ちに違いない。吉岡田が頑張っていたのを知っているからこそ、普通なら秒で気づくようなミスをしていても「馬鹿だなぁ」とは思わなかった。

「あのな、吉岡田」

俺は設計図を吉岡田に向け、そこに記されている部品を指した。

「ここには現代の釘なんかないんだ……」

「あっ」

吉岡田、気づく。

「例えばこの部分。どこそこに何センチの釘を何本打て、という指示は分かる。おそらくこの釘はホームセンターに行けば簡単に手に入る物なのだろう。だがな、ここにホームセンターなんてものはなく、当然ながら俺達は持っていない。とはいえ、青銅を加工して釘を作ることは可能だし、サイズもある程度は調整できるだろう。だが、全く同じ規格の釘を量産するなんてことは無理だ。そんなことをしようものなら、家を建てるより釘を作るのに時間がかかってしまう」

吉岡田の設計図には、所狭しと釘の指定がされていた。

この釘というのが、昔の日本人が使っていた〈和釘〉ならまだしも、あいにくながら現代の小さな釘である。〈洋釘〉と呼ばれる物であり、普及したのは明治時代以降のこと。そんな近代的な代物をおいそれと量産することはできない。

「残念ながらこの設計図では無理だ」

「そんな初歩的なことを……どうしよう……ごめんなさい、どうぞ……」

打ちひしがれる吉岡田。その場にへたり込み、泣きながら「僕は馬鹿だ」と連呼している。ただでさえ青白い顔がますます血色を悪くしており、「まるで死人のようだ」と表現するしかない有様だった。

「そんなことないよ！　よく頑張ったじゃん！　この設計図、見やすいし！」

亜里砂が吉岡田の背中をさする。

「失敗は誰にでもあることですので、そう気を落とさないでくださいませ。吉岡田さんの努力は私達も見ていました。誰も責めませんわ」

「そうでござるよ！　どんまいでござる！　吉岡田殿は馬鹿なんかじゃないでござるよ！」

ソフィアや田中も優しい言葉をかける。

「すみません、本当にすみません……。僕だけ作業を軽くしてもらったり、他にも色々と優遇してもらったりしたのに、こんな、こんな情けないミスをしてしまうなんて……。本当にすみません。ごめんなさい、どうぞ」

いよいよ土下座を始める吉岡田。岩肌の地面に額をこすりつけ、何度も何度も謝っている。

あまりにも不憫で見ていられない。

「ちょ……。ねぇ火影、なんとかならないの？」

愛菜が尋ねてくる。

他の皆も縋る様な目でこちらを見てきた。

「うーん……」

吉岡田の設計図と睨めっこする。

俺としても可能であればどうにかしてやりたい。

「問題は釘なんだよなぁ」

設計図に描かれているのは簡単な高床式住居だ。竪穴式よりは技術が必要になるけれど、それでも、本来ならば設計図を必要としない代物。その気になれば設計図がなくとも建てられる。

だからといって、「今回は設計図に頼らないでいこう」と言えば済む問題なのか？

そう考えた時、俺の答えは「ノー」だった。

俺が吉岡田の立場なら、自分の設計図を使ってもらいたい。長い時間をかけ、必死に頑張り、苦労の末に完成させたのだから。吉岡田もきっと同じ気持ちのはず。

それに今回の高床式住居は、吉岡田に設計させることが一番の目的だ。設計図に頼らず建築するなんて本末転倒である。

（だったら、どうすればいい？）

数分間、ひたすら無言で考えた。

そして――。

「よし、建築方法を変更しよう」

吉岡田の顔がゆっくりと上がり、俺を見る。

「設計図自体はよくできている。この設計図に沿って木材を組み立てれば、質の良い家が完成するに違いない。問題は作る為の釘がないってことだけだから、釘を使わない方法で建築することにしよう」

「家を建てるのに釘を使わない？　そんなことできるの？　設計図は釘を使うことが前提の物なのに」

詩織が驚いた顔で言う。おおよそ誰もが思っているであろう疑問だ。

「さすがに無理っしょ！」と亜里砂。

「ところがどっこい、できるんだよなぁ、これが」

俺は親指で天井を指す。厳密には天井ではなく、放牧場に向けていた。

「現に放牧場の牛舎や鶏舎は釘を使っていないだろ？　牛舎とかは竪穴式だったのが大きいんだけどさ」

「あー！　たしかに使わなかった！」

「釘は便利だが、使わないで建築する方法はいくらでもある。そんなわけで吉岡田、この設計図をベースにしながらも、釘を使わない方法で建てていいか？」

吉岡田の目に輝きが戻っていく。どんより曇っていた顔に光が差し込んだ。

「もちろんです！　流石は篠宮さんです！　僕は釘を使わない建築方法を知らないので、これを機に学ばせていただきます！　そして、次こそ完璧な設計図をご用意いたします！」

鼻息をふがふがしながら話し終えると、吉岡田は叫んだ。

「どうぞぉ！」

【高床式住居】

俺の閃いた方法とは――。

「「「木と木を組み合わせる!?」」」

「そうだ。簡単に言えば、建材に凹凸を作って嵌め込むということ。宮大工の技だ」

皆の頭上には疑問符が浮かんでいた。今ひとつイメージできていないようだ。

「ま、百聞は一見にしかずだよな」

ということで、実演してみせることにした。

建材を作る過程で生まれた木の切れ端を加工する。片端に凸部を作り、反対側の端には凹部を作った。同様の物をもう一つ用意したら、互いの凹凸部を連結させる。下品な言い方をすれば木の69である。

加工がざっくりし過ぎていたせいで隙間が生じてグラグラしているが、それでもいい感じに噛み合っていた。イメージを掴むにはこの仕上がりでも問題ない。

「実際に作業をする時はサイズを測定して、もっと丁寧にパーツを作っていく。だからここまでグラグラしないだろうし、仮にグラグラしたとしても、細い杭のような物を刺して隙間を埋めてやれば安定する」

「「「おおー！」」」

新たな技術を目の当たりにして、皆は「すげぇ」と感動している。

吉岡田にいたってはそれだけに留まらず、盛大に拍手していた。

「この方法で建築する際に大事なのは設計図だ。全ての木がピタッと嵌まるよう、削り方を考えなければならない。場所によっては三つ以上の木材を組み合わせることもあるだろう。ただ釘を打つことに比べて遙かに複雑だから、設計図を作る側にはより高いレベルが要求される。吉岡田の腕の見せ所だ」

「うわぁ、すごく大変そう」と絵里。

「吉岡田にできるのかぁ？」

亜里砂がニヤついた顔で吉岡田を見る。

「俺は吉岡田ならできると思うよ。今回の設計図だって、釘の部分で滑ったとはいえ、処女作とは思えない程の完成度だ。時間はかかるだろうが問題ないはず」

「ありがとうございます！　必ずや期待に応えてみせます！　どうぞ！」

吉岡田は深々と頭を下げた。

「じゃ、作業を始めようか」

「ついに本格的な家でござるかぁ」

「楽しみでマッスル！」

まだ見ぬ高床式の家に想いを馳せて、誰もがワクワクしていた。

「俺は吉岡田と一緒に設計図を修正する。その間、女性陣は木の伐採を頼む。男性陣はアジトの奥に収納している木材の運搬だ。マッスル高橋は一人で、田中と影山は協力して運ぶといい」

「了解でマッスル！」

「任せてくださいでやんす！」

「設計図の修正やら何やらを含めても、今日の日暮れには家が完成しているはずだ。建築作業を明日に持ち越す気はない。てきぱきやるぞ！」

「「おー！」」

◇

「よし、そこを直したら完成だ」

「篠宮さんのおかげでサクサクできました、どうぞ！」

「次からは一人で考えられそうだな」

「はい、どうぞ！」

俺が監督する中、吉岡田は設計図の修正を終えた。

新しくなった設計図には、全ての建材に詳細な凹凸が記載されている。

「それにしても……」と、俺は吉岡田の手元に目を向ける。

そこにはある道具があった。

「コレを考えた奴は天才だな」

作業の効率を良くしてくれた現代の利器――定規だ。

コイツのおかげで設計図の作成や修正が楽に進んだ。実際に建築作業を行う際にも活躍することは間違いない。

「よし、まずは設計図に沿って全ての木材を加工していこう」

建築予定地となる場所――放牧場や田畑の近くで、俺は作業の分担を説明する。

この場には絵里と天音、それに手芸班を除く全員が揃っていて、皆は静かに頷いた。

細かい説明を終えると、俺は右手を突き上げた。

「手分けして取りかかるぞ！」

「「おー！」」

本格的な建築作業の始まりだ。

◇

作業を始めてすぐに感じたことがある。

そのことを無意識に呟いてしまった。

「設計図って最高だな」

誰もが同意した。

「作業がちょー快適だよね！　私にだって分かるもん！」

亜里砂が「がはは」と笑う。

設計図に従って作業するだけだから、余計なことを考えなくて済む。ただひたすらに書いている通りの形に木材を加工し、それを組み立てていけばいい。脳みそをフル稼働させなくていいので雑談を楽しめるし、作業効率だって優れていた。

「建材はこれで揃ったな。次は組み立てていくとしよう」

ここからの作業は本当に気持ちよかった。

用意した建材がピタッ、ピタッ、ピタッっと嵌まっていくのだ。定規で測定して作っているので無駄がない。

「パズルみたいで楽しいー！」

愛菜が言うと、付近で見学している猿軍団が頷いて拍手する。彼らの顔には「愛菜様の仰る通りでございます」と書いてあった。パズルが何か分かっているのだろうか。

「篠宮君、ご注文の物ができたけど……って、今回は必要なかったようね」

芽衣子を筆頭に手芸班が到着。

その頃には既に、全ての作業が終わっていた。あとは最後のピースを嵌め込むだけというところで、彼女らが来るのを待っていた。

手芸班に頼んだのは、作業中の建物や建材に掛ける布シートの制作。

雨から守る為の物だ。本当は布ではなくビニールシートが望ましいところだが、この島にビニールシートなど存在していない。

「悪いな、せっかく用意してもらったのに」

「ううん、もとからそのつもりだったし気にしていないよ」

今後は設計図をもとに色々と作るだろう。中には日をまたぐ作業になることもあるはず。雨よけの布シートを作ったのは最初からその時に備えてのことであり、今回は使わずに済む前提でいた。

「これで……完成マッスル！」

マッスル高橋が最後の建材を嵌め込んで作業が終わる。

十九時になる少し前、日が暮れ始めた頃に高床式住居が完成した。

「おお、立派な家だな」

タイミングよく天音が戻ってきた。彼女が「おお」などと驚くのは珍しい。

「わっ、本当に一日で家ができちゃってる！」

総料理長の絵里もやってきて、全員がこの場に揃った。

「この世界に来て五十四日目にしてようやく家を建てられたか」

感慨深い気持ちで呟く。

その言葉に愛菜が反応した。

「ようやく？」

「むしろたったじゃねー？」と亜里砂。

「よくよく思ったら凄いことだよね」

花梨が続いた。

「私なんてまだ十日くらいだよ、このチームに加入させてもらってから。だから毎日が驚きと感動の連続」

家を眺めながら、詩織は「凄いなぁ」と呟いた。

最後に、また愛菜が言う。

「この世界に来た最初の日なんてさ、キノコにカレー粉を付けてキャッキャ騒いでいたんだよ。布団のない洞窟で寝たりしてさ。それがたったの五十四日――二ヶ月すらかからずに家だよ！　ふかふかの布団で寝て、美味しい料理を食べて、家まで建てちゃった！　火影が成し遂げたことは全部『たった〇日で』って言えるくらい早いし、本当に凄いと思う。たった五十四日でここまでのことをするなんて、他の人じゃ無理だよ、絶対」

「はは、なんだか照れるな」

俺は自分の力を過信したことはないし、殊更に優れていると思ったこともない。ただ、ちょっとばかし、この環境に向いていただけだ。それでも、こうして褒められるのは純粋に嬉しかったし、誇らしい気持ちになった。

「やっぱり火影を選んで正解だったよ。誰よりも頼もしくて信頼できる」

皆が何度も頷いた。

そこで話が一段落し、その後は各々で盛り上がる。これまでのことを振り返ったり、未来に想いを馳せたり、他愛もない雑談をしたり。

そんな中、天音がスッと近づいてきて、他には聞こえないよう耳元で囁いた。

「皇城と笹崎の間で動きがあった」

「――――！」

あえて耳打ちにしたのは、場の空気に配慮してのことだろう。今は家の完成を祝い、誰もが笑顔になっている。

それでもって、気を利かせるということは――――。

「速やかに対策を練る必要はない、と考えていいのか？」

俺も耳打ちで返す。

天音は「そう思う」と頷いた。

案の定、それほど切迫していないようだった。

「詳しい話は明日でも問題ないか？」

「うむ」

だったら、今日のところは気にしなくていいだろう。

皆には他所のチームに動きがあったことを伝えないでおいた。

その代わり、俺は満面の笑みで言う。

「できたてホヤホヤの家で過ごしたい奴はいるかー!?」

「「「「はーい！」」」」

皆が挙手する。

まぁそうだよな、と笑ってしまう。

そして、こういうことになると――。

「ここは記念にリーダーの火影でどう？」

予想した通りの発言が飛び出す。

言ったのは愛菜だ。

皆が「たしかに」と賛同している。

だが、俺は「いや」と首を振った。

「記念ということなら、俺よりも吉岡田が相応しいだろう」

この家で過ごす権利を吉岡田へ譲ることにした。

「これは吉岡田が初めて作った設計図で完成させた家、処女作だからな」

亜里砂がすかさず「童貞だけどね」と茶化す。

「どど、童貞で悪いですか!?　どうぞ！」

顔を赤くする吉岡田。

「そんなわけで、俺は吉岡田がいいと思う」

誰からも反対意見は出なかった。

「よかったなぁ、吉岡田！」

亜里砂が吉岡田の背中をバシッと叩く。

吉岡田は目をウルウルさせて嬉しそうだ。

「じゃあ一人目は吉岡田で決定だな。家の大きさ的に、あと一人か二人は一緒に過ごせるが
……吉岡田、誰か同行させるか？」

「いいんですか？　好きな相手を同行させても！　どうぞ！」

「おう」

皆が「おおお？」と注目する。

俺も吉岡田が誰を選ぶのか気になっていた。

「じゃあ陽奈子さんでお願いします！　どうぞ！」

吉岡田が右手を挙げて叫ぶ。微塵の躊躇もなかった。

「ふぇぇ!?　わ、私ですか!?」

びっくりして背筋が伸びる陽奈子。

「吉岡田は陽奈子推しかぁ！」

「陽奈子のどこに惚れたの？」

亜里砂と愛菜がニヤニヤしながら尋ねる。

「私も気になるなぁ」と、詩織も続いた。

「えっと……その……」

返答に窮する吉岡田。モジャモジャの天然パーマが、心なしかいつもより乱れている。

「その辺にしておいてやれ」

見ていられないので割って入った。

「女性陣には分からないだろうが、吉岡田は勇気を出したんだぞ。俺達みたいないわゆる陰キャは大変なんだ。あまり茶化さないでやってくれ」

「そうでござる！　そうでござる！」

すかさず同意する田中。

女性陣が頭をペコリと下げて、どうにか落ち着いた。

吉岡田は何度か深呼吸した後、緊張で震える眼差しを陽奈子に向ける。

「で、では、陽奈子さん、僕と一緒――」

「ご、ごご、ごめんなさい！」

吉岡田の言葉を遮り、陽奈子が深々と頭を下げた。

「ふぇ？　ゴメンナサイ？」

固まる吉岡田。

「わわ、私、その、気になる人、いて、だから、えっと、二人では、その、無理で、えと、えと、その、あの、だから、無理で……うぅぅ」

陽奈子の顔が真っ赤だ。周りの目が気になって恥ずかしさが倍増しているのだろう。

「「「…………」」」

場が気まずい静寂に包まれる。

吉岡田は銅像のように固まり、俺達も口を開くことができなかった。

「まぁ、男女が二人きりで過ごすというのは、よろしくないかもしれませんわ」

空気を変えたのはソフィアだ。

「では、誰か男性の方とお過ごしになってはいかがでしょうか？」

「わ、分かりました。じゃあ……」

こうして吉岡田が新たに選んだのは――。

「今宵は朝までオタトークでござるな！　寝かさぬでござるよ！」

田中だった。あとオマケで影山も。

【天音の報告】

現在、俺達以外には三つの勢力が存在している。

最も人数が多いのは皇城零斗のチーム。

この世界に転移した全校生徒の過半数と教師を含めた計一一〇人が所属している。弟の白夜と同じく階級制度を採用しているが、女子を性奴隷のように扱うご奉仕システムは撤廃していた。

次点が笹崎大輝のチーム。

人数は四〇人。大半が男子で構成されており、白夜が支配していた頃に上位階級だった者が多い。こちらは女子に対する扱いも含め、白夜と全く同じ階級制度を採用している。ただ、白夜の頃とは違い、女子の数が少なすぎてご奉仕システムが上手く機能していなかった。

最後に一〇名程度で構成されたチーム。

取り立てて特筆することがない……ということが特筆すべき点になりそうな連中だ。零斗や笹崎の下で過ごすのは嫌、という考えの生徒がただ徒党を組んだだけのグループ。監視対象ではないので、どこで何をしているのかは分かっていない。

これらの内、今は零斗と笹崎のチームが争っている。

笹崎とその取り巻きは第二の白夜帝国を目指しており、その為の障壁となっている零斗の排除を目論んでいた。

そしてこの前、ついに零斗のもとへ向かった。彼のチームを吸収する為に。

しかし、結果は引き分け。

拳銃を取り出した零斗にビビり、何もしないで撤退した。

「前回と違い、今回は形勢に変化が生じた」

皆が固唾を呑んで見守る中、天音は話し始めた――。

★

「大輝、これって食えるかな？」

「俺が知るかよ。一口食ってやばそうなら捨てればいいだろ」

「それで安田《やすだ》の奴が腹を下したじゃないか」

その日も笹崎大輝は、仲間と共に食料を集めていた。

（ちっ、訳の分からないフルーツしか残ってねぇ）

日本で見かける果物はあらかた食い尽くした後だ。残っているのはとんでもない臭気を放つものや、見るからに毒々しい姿をしているものばかり。火影であれば一目で食用かどうか判別できるが、笹崎や彼の仲間には分からない。

「クソッ、なんで俺がメシ集めなんざしなけりゃいけねぇんだよ」

こんなはずではなかったのに、と笹崎は思っていた。今頃は洞窟の中で裸の女子を侍らせているる予定だったのだ。白夜がそうしたように、自分も好きな女と好きなだけヤりまくるつもりだった。

（問題は零斗……というより、奴の持っている銃だ）

たまたま見つけた川の水を手ですくって飲みながら、零斗の排除方法を考える笹崎。

彼に同行している他のメンバーも迷うことなく川の水を飲む。

これは危険な行為だ。いくら綺麗に見えても、そのまま飲むと腹を下す恐れがある。先に煮沸しなければならない。

そのくらいのことは笹崎らにも分かっていた。

しかし、分かっていてもそのまま飲むしかなかった。ライターがあるので火を熾すことはできるものの、水を入れる容器を持っていないのだ。炎に耐えられる容器といえば土器があるけれど、彼らは土器の作り方を知らなかった。

「なぁ大輝、零斗に勝つ方法は閃いたか？」

幹部の一人――須藤《すどう》が尋ねる。

「寝込みを襲うしかないだろうな。銃を使われたらおしまいだ」

「そうだけど、それができたら苦労しないだろ」

「まぁな」

零斗は寝る時、自分の周囲を多くの女子で固めている。仮に夜襲を仕掛けたとしても、逃げ惑う女子達が邪魔になり、手間取っている間に反撃されるのが目に見えていた。

「つまり何の策もないわけか」

須藤が大きなため息をつく。笹崎はイラッとした。

「だったらお前は何かあるのかよ」

「あるわけねぇだろ。相手は銃を持ってるんだぞ」

「何もないならそんなため息つくんじゃねぇよ、うぜぇな」

「つっかかってくんなよ、うぜぇ」

笹崎チームの雰囲気は最悪だ。

（このままじゃじり貧だ。そう遠くない内にチームは崩壊する。明日か明後日にでも零斗の排除に向かおう。コイツらには「名案が浮かんだ」とかなんとか嘘をつけばいいだろう）

休憩が終わると、笹崎は果物の調達を再開した。

◇

昼過ぎ、笹崎は仲間と共に洞窟群へ戻っていた。

この洞窟群はかつて白夜が拠点にしていた丘の北東に位置しており、笹崎のチームが利用するには十分過ぎる広さと数だ。

（この拠点がなかったら今頃はおしまいだったな）

洞窟群を見る度に笹崎は思う。崩壊間際のチームが辛うじて存続できているのは、快適な寝床の存在が大きい。零斗チームのように大半が野ざらしで過ごすような環境だったら、寝床を巡って仲間割れを起こしていたに違いない。

「くっさいチンポね。川でちゃんと洗ったの？」

「洗ったっての。いいから黙ってしゃぶれよ」

「こんなに臭いのしゃぶりたくないよ。手で我慢しな」

「チッ、仕方ねぇな……」

自分が寝床にしている洞窟の中で、笹崎は山岡沙希《やまおかさき》という女に手コキをさせていた。

（手コキでもしてくれるだけマシか）

白夜の頃は男が女を支配していたが、今は女が男の上に立っている。リーダーの笹崎といえども、「何か文句あるの？　あるならここを抜けて零斗のところへ行ってもいいんだよ」と言われると従うしかなかった。

「あーイキそう、口に出させてくれよ」

「は？　無理だし、こんな臭いの」

「そこをなんとか頼むよ、なぁ」

笹崎がリーダーとは思えない無様な交渉をしていた、その時。

ズドンッ！

外からとんでもなく大きな音が聞こえた。自然界ではまず聞けない音だ。

それが何の音か、笹崎はすぐに分かった。――銃声だ。

「零斗だ！　零斗が攻めて来やがった！」

誰かの叫び声。

零斗が銃を片手に単身で洞窟群に乗り込んできたのだ。

ズドンッ！

再度の銃声が響く。

「こ、殺さないでくれぇええ！」

「ひぇえええええええええ！」

洞窟の外がざわついている。

「殺されたくないなら失せろクズ共！」

零斗の怒鳴り声が聞こえる。

「やべぇ、逃げないと」

笹崎は慌ててズボンのファスナーを閉めて立ち上がる。それから沙希の手首を掴み、早足で洞窟の外へ向かう。

「どこだ大輝！　どこにいる!?」

零斗は銃を片手に笹崎を探していた。点在する洞窟の一つ一つを入念に確認している。

「大輝、あれ……」

沙希が洞窟の外を指す。

そこには須藤ともう一人、男が倒れていた。笹崎チームの幹部だ。どちらも体の下に血の池を作っていた。

一目で死んでいると分かった。仮に生きていたとしても、治療の術がないので直に死ぬ。

「今のうちに逃げるぞ」

笹崎の言葉に、沙希が「無理無理」と首を振る。

「私は零斗のチームに入るから」

「馬鹿かお前、アイツは俺達を皆殺しにするつもりだぞ。お前も殺される」

これは笹崎が咄嗟に言った嘘だ。性欲処理係を減らしたくないが為の嘘。零斗が狙っているのは自分だけだと分かっていた。

この嘘が彼の命運を大きく分けることになった。

「そんな……私まで殺されちゃうの……」

「当たり前だろ！　分かったら逃げるぞ！　来い！」

「う、うん！」

零斗が違う洞窟に入った隙を突いて飛び出す笹崎。

それは零斗が想定した通りの動きだった。

「見つけたぞ大輝！」

待っていましたとばかりに、零斗は洞窟から出てきた。

彼は銃を構え、笹崎を狙う。

だが、しかし――。

(クソッ、女が邪魔だ……)

笹崎のすぐ後ろに沙希がいる為、引き金を引くことができなかった。

零斗の狙いは笹崎及び笹崎チームの幹部のみ。残りは吸収するつもりでいた。笹崎チームは健康な生徒が大半を占めており、貴重な労働力になるからだ。

「チッ」

零斗は舌打ちして銃を下ろした。

「まぁ、洞窟群《ここ》が手に入っただけ良しとするか。此処なら全員が洞窟で過ごせる」

零斗は満足げな笑みを浮かべながら拠点に戻り、チームの拠点を洞窟群に移した。

★

「――そうして皇城零斗のチームは洞窟群を獲得し、拠点を失った笹崎大輝のチームはさらに北東へ移動した」

「あの洞窟群のさらに北東か……もはや海が近いんじゃないか」

「その通りだ。連中は海の近くにある小さな洞窟を新たな拠点にしている」

「環境が今までよりも悪くなったのか。今後は凋落の一途だろうな」

「一方、皇城零斗のチームは病から回復しつつある」

「そうなのか。だが、数はそれなりに減ったんじゃないか」

俺は「何人くらいだっけ」と天音に尋ねる。

「今は七〇人を下回る程だ」

「当初は一一〇人いたメンバーが七〇人未満か……たくさん死んだな」

「何名かは小野詩織のように脱退しているがな」

「教師はもう残っていないんだっけ？」と花梨。

「那須野《なすの》先生がいるんじゃない？」

絵里が答える。

那須野は一年の英語を担当している若い女だ。

「いや、その女も少し前に死んだ。教師はもう残っていない」

「零斗のチームも決して楽な状況とは言えないな」

「ウチらとは大違いだねぇ」と亜里砂。

「たしかに、俺らとは雲泥の差がある」

俺は目を瞑り、天音の報告を脳内で整理する。

「慌ててどうこうする必要はないな」

それが黙考の末に出した結論であり、皆が同意した。

今回の一件が俺達の活動に影響を及ぼす恐れはないだろう。

「そういえば、零斗と笹崎以外にもう一チームあったよな。一〇名程度の」

天音が「ああ」と思い出す。

「リーダーを持たないチームだな」

「そいつらはどうなったんだ？」

「監視対象外だから分からないが、おそらく丘の北西で活動しているはずだ。南下しているのであれば、どこかしらに足跡が残っている。今のところはそういったものが見つかっていないし、皇城零斗や笹崎大輝のチームと距離を置いていることも考えると、活動範囲は限られてくる」

天音は俺よりも痕跡を読む能力に秀でている。彼女が言うなら間違いない。

「なら問題ないな。よし、今日の活動を始めるとしようか」

天音の報告が終わり、俺達は動き始めるのだった。

【陽奈子と洗濯物】

火曜日と水曜日が過ぎて、九月十二日、木曜日――。

夕方まであと少しのところで、俺は本日の作業を終えた。

「微妙な空き時間だな……」

余った時間で何をしたものやらと考えながらアジトに戻る。

「あ、おかえり、火影君！」

調理中の絵里が笑顔を向けてきた。

「今日は早かったね」

「おかげで暇なわけだが、何か手伝おうか？」

言っておきながら、絵里はきっと断るだろうな、と思った。

「気持ちは嬉しいけど、今日の調理は終わっちゃったんだよね。だから大丈夫」

俺は「だよなぁ」と苦笑いで後頭部を掻き、他に目を向ける。床掃除でもと思ったが、それも必要なさそうだ。誰かが済ませていた。

「仕方ない、洗濯物を取り込むとするか」

アジト内にある湖の傍では、皆の洗濯物が干してある。それを取り込むのは基本的に女子の仕事だ。

「いいと思う。今日はまだ誰も洗濯物に手を付けていないし」

すぐ傍にいた田中は、絵里の発言を聞くなり立ち上がった。

「篠宮殿が洗濯物に触れるのを認めるのでござるか!?　それは差別でござろう！　差別！　拙者だってパン……じゃない、洗濯物に触れたいでござるよ！」

洗濯物の取り込みが女子の仕事になっている理由がこれだ。パンティに触れて喜ぶ田中に強い嫌悪感を抱いている。

「田中君、今、パンティって言おうとしたでしょ」

目を細めてジーッと田中を睨む絵里。

「な、なな、なんのことでござるかな!?　拙者はただ、篠宮殿はよくて他の男子が駄目というのは差別だと言っているのでござる！」

「だって田中君に洗濯物を任せたら、私らのパンティを嗅いで興奮していたじゃん」

絵里が呆れたように言う。

あの時のことは俺も覚えている。変態行為がバレた際に田中の放った「生乾き菌が繁殖していないかのチェックでござる」という苦しすぎる言い訳がキモさに拍車を掛けていた。

「本当にキモかったんだからね、アレ。火影君が庇っていなかったら追放されていたんだよ、田中君」

「庇ったっていうか、『魔が差したんじゃないか』って言っただけなんだがな……」

田中は「くぅ！」と唸り、それから吠えた。

「篠宮殿だって匂いくらい嗅ぐでござるよ！　男とはそういうものでござる！」

「えっ、火影君……まさか……」

「しねぇよ！」

このやりとりを聞いていたようで、離れたところで作業をしていたソフィアが「それでしたら」と立ち上がった。

「女子も誰か同行すればいいのではないでしょうか。それで、女子の下着は女子が取り込めばよろしいのです。でしたら問題ないでしょう」

「篠宮君なら一人でも問題ないと思うけど、田中君を黙らせるにはそれが一番だね」

ソフィアの隣で作業中の芽衣子が同意する。

「俺は別になんだってかまわないぜ」

「でしたら私《わたくし》が同行いたし――」

「はい！　私！　付き添いは私がします！」

ソフィアの発言を遮ったのは陽奈子だ。右手を挙げながら立ち上がり、その場でぴょんぴょん飛び跳ねている。

「篠宮さんとは私が一緒に行きます！　ソフィアさんはお気になさらず！」

陽奈子が「いいですよね!?」と前のめりでソフィアを見る。

それに対し、ソフィアは「いえ」と首を振った。

「陽奈子さんの作業を中断させるわけにはいきません。ここは私が――」

「作業ならもう終わりました！　ほら！　この通り！　だから大丈夫です！」

「ぐっ……」

「陽奈子の勝ちね」

芽衣子が判定を下す。俺には何の勝負をしているのか分からなかった。

「では行きましょう！　篠宮さん！」

「あ、ああ、分かった、行こう」

陽奈子は猛ダッシュで迫ってきて、俺の手首をガシッと掴んだ。

目的地の湖まで、俺はひたすら引っ張られるのだった。

◇

大して幅のない通路を歩き、無数の分岐路を抜け、湖に到着した。

天俺達の生活の要にもなっている場所だ。

ここには物干し台の他にも、家庭菜園用に作った土器のプランターが置いてある。湖に目を向けると、別の場所から捕獲してきた合鴨夫婦が快適そうに泳いでいた。

「洗濯物に触れるのは久々だが……とんでもない量だな」

正直、洗濯物の取り込みなどすぐに終わるだろう、と高を括っていた。日本で過ごしている時にもよくしていたからだ。

だが、それは大きな間違いだった。俺達は一〇人を超えるグループであり、洗濯物の量も人数分あるわけだから、一般的な家庭に比べて多かった。

「一人じゃ大変ですよね！」

陽奈子がニコニコ顔で洗濯物を竹の籠へ放り込んでいく。

「ついてきてくれて助かったよ」

「火影さんと一緒にいられるなら何だってしますよ！」

「おっ、二人になったから呼び方が変わったな」

陽奈子の顔がポッと赤くなる。

「だ、だって、皆に笑われるから……」

知り合って間もない頃、陽奈子は俺のことを「篠宮さん」と呼んでいた。海でイチャイチャしたのを機に「火影さん」に変わったのだが、最近では「篠宮さん」に戻っていた。下の名前で呼ぶのは二人きりの時だけだ。

そうなった理由は、亜里砂に茶化されたから。正確な発言内容は忘れたが、それを聞いた俺達は声を上げて笑った。陽奈子が「皆に笑われる」と言っているのはそのせいだ。

「あの、火影さん！」

「どうした？」

「これ、まだ湿っていませんか？」

陽奈子が持っている服を渡してきた。誰のかは分からないが女子の制服だ。

「少し湿っぽいな」

「どうしましょうか」

「乾ききっていない物を取り込むのもどうかと思うし、これは干したままでいいだろう」

「分かりました！」

別の服に手を伸ばす陽奈子。

俺は作業を中断し、物干し台を見る。

「この台、拡張したほうがよさそうだな」

「拡張ですか？」

「さっきの服が生乾きだったのは、洗濯物の間隔が狭すぎたからだ。前々から窮屈感があったけど、詩織の加入で決定的になったな」

「たしかに」

洗濯物の間隔は一センチにも満たない。これでは乾くのが遅くて当然だ。

「よし、追加の物干し台を作ろう。前に伐採した竹が余っていたはずだ」

「はい！　余っていたと思います！」

「残りの洗濯物は任せていいか？　俺は材料を取ってきて物干し台を作る」

「分かりました！」

その場に陽奈子を残し、俺は広場へ戻った。

◇

芽衣子に事情を説明して紐を譲ってもらうと、その足でアジト内にある建材の保管スペースへ向かった。そこから細身の竹を七本持ち出し、陽奈子のいる湖へ戻った。

「さて、物干し台を組み立てるとしよう」

「お手伝いします！」

洗濯物を畳み終えて準備万端の陽奈子が駆け寄ってきた。

「サンキュー、助かるぜ」

竹を三本と半分にカットした紐を渡す。

「組み立て方は分かるよな？」

「分かりません！」

「そんなわけあるかよ！」

「えへへ、でも、火影さんに教えてもらいたいです！」

「変な奴だなぁ、別にいいけど」

俺は持っている四本の竹の内、一本を地面に置いた。これが物干し竿になる。

「まずはこの三本の竹を三角錐になるよう組む」

「できました！　次はどうするのですか？」

「三本の竹が交わっている部分を紐で縛って固定する」

「なんと！　知りませんでした！」

「嘘つけ」

えへへ、と舌を出す陽奈子。なんだか嬉しそうだ。

「できましたよ！　火影さん！　次はどうしますか？」

「完成だよ！　見たら分かるだろ！」

「ですよねー！」

陽奈子は愉快気に笑った。

こうして作った物干し台に竿を乗せたら終了だ。

「洗濯物を干すスペースが五割増しくらいになりましたね！」

「これで生乾きの問題も改善されるだろう」

俺達は近くの大きな岩に並んで腰を下ろし、作りたての物干し台を眺める。すぐ近くを泳ぐ合鴨夫婦はこちらを一瞥した後、何食わぬ顔で離れていった。

「快適度がアップですね！」

陽奈子が腕を絡めてくる。二人の時はさながら恋人のようにベタベタしてくることが多いけれど、今日はいつにも増して積極的な気がした。

「こんなところ、誰かに見られたらまた顔が真っ赤になるんじゃないか？」

「もー、茶化さないでくださいよ！」

ぷくっと頬を膨らましして睨んでくる。黒のおかっぱヘアが小さく揺れた。

「火影さんは、その、私じゃ、魅力、足りない、ですか？」

「なんだよいきなり」

「だって……」

陽奈子の視線が下に向かう。

「火影さんのアレ、反応していないようなので……」

アレとは息子のことだ。たしかに陽奈子の言う通り、今は安らかに眠っていた。

「俺も大人になったのさ」

ふっ、と笑う。

一方、陽奈子は「むぅ」と不満そうだ。

「こ、これだったら、どうですか？」

ぎこちない手つきでズボンの股間部分を撫でる陽奈子。

その行為によって、ようやく彼女の意図を察した。

「もしかして俺を誘っているのか？」

「そ、そうですよ！　気づきませんでしたか？」

「いやぁ、全く」

「なんですか……！」

一瞬にして息子が成長していく。誘われていると分かれば即座に臨戦態勢だ。

「そりゃ前回の初セックスからまだ四日だぞ。ムラムラしてるとは思わないだろ」

陽奈子は恥ずかしそうに俯き、しばらく黙った後、「だからですよ」と顔を上げた。

「前、火影さんと一つになれてすごく幸せだったんです。あの時からそのことばかり考えていて、もう……」

「要するにペニスの味を覚えてしまったわけか」

「そんな言い方しないでください！　でも、そうです。駄目ですか？」

「駄目じゃないが、時間は大丈夫かな？」

吹き抜けから空を見上げる。日が暮れ始めていた。外の連中が作業を終えてアジトに戻ってくる頃だ。

「じゃあ早くしないと駄目ですね」

陽奈子が悪戯っぽく笑う。

「なかなか強気だな」

「見つかるかもしれないほうが刺激があって火影さんは喜ぶかなって……」

「俺のことをよく分かっているじゃないか」

陽奈子の肩に右腕を回した。左手でスカートをめくり、パンツ越しに膣を撫でる。

「ぁ……ん……」

小さな声で喘ぐ陽奈子。

半開きになっている彼女の口へ舌をねじ込む。

キスをしている最中も、左手で擦るように膣を撫でて刺激する。

「はっ……あっ、あっ……んっ……はぅ……」

陽奈子の顔が熱を帯び始めた。快楽に染まっていく様がたまらない。

「時間がないから同時進行だ。俺のも気持ちよくしてくれ」

陽奈子のパンツを脱がしてから、俺も下半身をさらけ出した。

「やり方は分かるよな？」

「は、はい……！」

陽奈子は小さな手で俺のペニスを握り、上下にシコシコと動かす。

「気持ちいい、ですか？」

「いいよ。陽奈子は？」

尋ねつつ、中指を膣に入れる。指を激しく動かし、クチュクチュという音を響かせた。

「あっ、あっ、あああっ！」

その反応が答えだ。陽奈子は背中を反らせ、目をキュッと閉じて感じている。

「もっ、もう、ダメっ……！」

言うと同時に陽奈子はイッた。背丈に見合った小さな膣が、俺の中指を締め付ける。

「火影さん……私の中……中に……」

自らの膣を指す陽奈子。ぶち込んで欲しくてたまらないらしい。

「ああ、分かった」

裸になるよう陽奈子に指示する。

バテバテの彼女が服を脱ぐ間に、忍ばせていたコンドームを装着する。せっかくなので俺も服を脱いだ。

「岩の上に寝そべるのは痛いだろう」

ということで、俺は対面座位を選択。

岩の端に座り直し、陽奈子を太ももの上に座らせた。

腰を浮かせた陽奈子が俺を見下ろす。恥じらいを感じさせる火照った顔は、見ているだけで我が息子をたぎらせた。

「そのまま、ゆっくり、ゆっくり」

陽奈子の腰がじわじわと下がってきて、膣がペニスに近づいてくる。

ギンギンに勃起したペニスの角度を調整し、陽奈子の膣に亀頭を当てた。

膣口がにゅるりと開き、ペニスを受け入れていく。

「はぅ……！」

陽奈子は中途半端に腰を浮かせたまま止まった。

「ダメだろ、ちゃんと奥まで入れないと」

陽奈子の腰を掴み、強引に下げた。

亀頭が膣肉を掻き分け、子宮に押しつけられる。

その瞬間、陽奈子の体がビクンと跳ねた。

「ひぐぅううう！」

陽奈子は全力で抱きつきながら喘いだ。

「痛くない？　平気？」

「大丈夫……平気です……すごく、気持ちい……ですっ……！」

俺は陽奈子の可愛らしい乳首に吸い付きながら、小刻みに腰を動かす。

「あっ、そこ、それ、ああっ、すごい、あああっ」

陽奈子の吐息が耳にかかる。

「火影さん……私の中、気持ちいい、ですか？」

「ああ、気持ちいいよ、最高だ」

陽奈子の膣は締まりがきつい。特に奥のほうがきっつきつなので、深く挿入した状態でイクのに適していた。

「やっぱり、私、火影さんと、一つになるの、好き……！」

俺は「ありがとう」と微笑み、陽奈子とキスする。淫らな音を立てながら互いの舌を絡め合う。

（そろそろイキたいな）

時間の都合もあり、持久戦は不可能だ。

だから体位を変えることにした。対面座位はイチャイチャできて楽しいけれど、ペニスに対する刺激は弱めなのでイクのに適していない。

「背中、痛いと思うけど、我慢してくれよ」

陽奈子を仰向けで寝かせる。

今度は正常位だ。

ポキッと折れそうな彼女の細い脚を開いて、再びペニスを挿入する。

「一緒に、一緒にイキたい、です……！」

「俺もだ」

陽奈子がこちらに向かって手を伸ばす。

「火影さん、来て……！」

指と指を絡めるように手を繋ぎ、体を倒して重ねる。

「あぁっ、火影さん、火影さんっ！」

「いいよ、陽奈子、すごくいい」

何度もキスしながら腰を振る。

静かな空間に、パンッ、パンッ、と音が響く。

「イくよ、陽奈子」

「ふぁい、火影さんっ」

手を繋ぐのを止め、陽奈子の首に腕を回す。陽奈子も俺に抱きついてきた。

その状態で何度か腰を振った後、頃合いを見計らってペニスを膣の奥深くまで突き刺す。

子宮とペニスが当たった、その時――。

「あぁぁぁあぁぁあっ！」

陽奈子の膣がギュッと締まり、ペニスは溜めていたものをドピュッと吐き出す。

全く同じタイミングで俺達は果てた。

俺は萎れたペニスを膣から抜いた。

おいおい、避妊具が外れているではないか。

一瞬ヒヤッとしたが問題ない。陽奈子の膣から避妊具の上半分がたらりと垂れていた。

それを指でつまんで抜き、そして、感動した。

先端の液溜めに、破裂してもおかしくない程の精液が溜まっていたのだ。

持っていても邪魔になるだけなので、避妊具は陽奈子のヘソの上に置いておく。

それから彼女の隣に寝転んだ。ひんやりした岩肌が、熱くなった体にちょうどいい。

「「はぁ……はぁ……はぁ……」」

呼吸が整うまでの間、二人で静かに空を見上げる。

「火影さんと、また、一つになれた……」

陽奈子が腕に抱きついてくる。

「満足したか？」

「はいっ！　火影さんは、満足できましたか？」

「もちろん」

「よかったです。またしましょうね、絶対に」

俺達は湖の水で汗を落とし、何食わぬ顔で広場に戻った。

【バランサーの仕事】

一週間が経過した。

俺達の拠点は変わることなく順調で、日々、発展している。

例えば田畑は、規模を拡大して栽培する作物の種類を増やした。こちらは主に猿軍団が頑張ってくれている。

また、吉岡田が新たにこしらえた設計図で家を建てた。今度も高床式だが、前回よりも僅かに広くて、部屋も二部屋に増えた。前回は膨大な時間を要した設計図の作成も、今回は一日足らずで済んだ。

設計図の使い回しは認めていない。何かを作る際は、必ず設計図の作成から始める。吉岡田に経験を積ませる為だ。

新たに建てた高床式住居も含めて、二軒とも猿軍団の拠点になった。俺達が日々を過ごす分にはアジトの方が便利で快適だからだ。

それに、俺達にとって猿軍団は家族に近い存在となっている。相変わらず憎たらしいところもあるが、いつも生活を助けてもらっているし、寝床くらいプレゼントして当然だった。

そんなこんなで、九月十九日――。

今日の俺はバランサーだ。皆の作業を見て回り、必要に応じて手伝う。誰からも必要とされない時は、掃除などの雑用に従事する。

昼食後、皆の食器を洗い終えた俺は、アジトを出て放牧場や田畑の方に向かった。

「おや？」

放牧場の柵に肘を突いてぼんやり牛を眺めている女を発見。花梨だ。

「どうした？　珍しくサボりか？」

「ああ、火影」

花梨が間の抜けた声と共に振り返る。

「ごめんごめん、ちょっと考え事をしていてね」

「聞こうか？」

花梨の隣に立ち、彼女と同じように肘を突く。

「んー、今はまだいいかな」

花梨はなんとも言えない表情で空を見上げる。心ここにあらずといった様子だ。

かといって、「なんだよ水くさいな、話せよ」などと言える雰囲気でもない。

俺は「そうか」とだけ答えた。

「サボってごめんね、私も働かなくちゃね」

「体調が悪いなら無理せず休んでくれていいんだぞ」

「大丈夫。体調は良好だから。心配させてごめんね」

「ならいいけど、水分補給は怠るなよ」

「うん、ちゃんとヒョウタンを持って……って、あれ、ないや」

花梨は腰の辺りを手でまさぐりながら苦笑いを浮かべた。

「アジトに戻って取ってこなくちゃね」

「おいおい、本当に大丈夫かよ」

「大丈夫、大丈夫」

花梨はそれ以上の会話を避け、こちらに背を向けて歩き出す。

そんな彼女の後ろ姿を眺めながら「らしくねぇな」と呟いた。

◇

「あ、篠宮君だ」

「こんなところで会うとは奇遇だな、篠宮火影」

森の中で芽衣子と天音に会った。

「本当に奇遇だな。それに珍しい組み合わせだ」

「だから目に焼き付けておいてね」と、芽衣子が冗談めかして笑う。

「それで、いい植物は見つかったか？」

芽衣子は手芸に使えそうな植物を探していた。アカソの貫頭衣や先日の葛布など、植物と手芸は切り離せない関係にある。

「今のところ新しい発見はないかな。せっかく天音に付き合ってもらっているのだから、なにかしら見つけたいね」

天音が「気にするな」と無表情で答える。彼女はボディーガード兼案内役として芽衣子に同行していた。その為、本日の偵察任務は影山が担当している。

「あ、そうそう、篠宮君に言いたいことがあったの」

「ん？」

「これなんだけど、許可を取らずに持ち出しちゃった」

芽衣子が取り出したのはサバイバルナイフだ。サバイバルグッズの中で最も大切にしている俺の宝物。高校生が買うには高すぎる一級品で、ひぃひぃ言いながら購入した。買った時の興奮は今でもよく覚えている。

「別に許可なんかいらないよ。勝手に使ってくれ。いつもそう言っているだろ？」

「そうだけど……このナイフお気に入りでしょ？」

「まぁな」

「それなのにごめんね」

「問題ない。大事に扱ってくれるのは分かっているし。それに、わざわざ持ち出したのはそれが必要だったからだろ？　なら遠慮しないで使いまくってくれ」

芽衣子は明るい表情で「うん」と頷いた。

「ところで、どんな植物を探しているんだ？　繊維を取り出すにしても、いくつか種類があるだろ？」

サバイバルで定番なのは、茎から取り出した「靭皮《じんぴ》繊維」と呼ばれるものだ。

ウチでも主に靭皮繊維が用いられているが、その他に種子から取った繊維も使っている。木綿がそうだ。

「名前はパッと浮かばないけど麻が欲しいかなぁ」

「靭皮繊維だな。オーケー、俺も意識して探しておくよ」

よろしくお願いします、と芽衣子は頭をペコリ。

「それはそうと篠宮火影、いいのか？　無視したままで」と天音。

「無視って？」

俺は首を傾げた。何も無視した記憶がない。

「先程から二子玉亜里砂が呼んでいるぞ」

「えっ、マジ？」

「ああ、海のほうからだ」

俺は目を瞑り、耳を澄ませた。

「火影ー！　どこだー！　火影ー！　どこだー！　火影ー！」

たしかに亜里砂の声が聞こえる。

俺は呆れたように笑った。

「アイツなぁ……。俺が近くにいるほうが珍しいのに。ま、呼ばれている以上は行ってやらないとな。そんなわけだから海に行ってくるよ」

「私らは森の中を彷徨っているね」

「おう、頑張ってくれ」

俺は駆け足で亜里砂のもとへ向かった。

◇

亜里砂はいつもの如く海で釣りをしていた。

海に向かって伸びる岩の上に座り、愛用の釣り竿を握っている。体は海に向いていて、うなじから一筋の汗が流れていた。

どうやら海を見つめたまま喚いていたようだ。俺がすぐ傍まで近づいても気づいておらず、こちらに背を向けたまま俺の名を叫び続けていた。

「よぉ、亜里砂」

「うおっ！　急に声をかけるなよぉ！　驚いた拍子に魚が逃げちゃったじゃん！」

「呼んでおいてその言い草か」

亜里砂は「ニッシッシ」と笑った。

「火影、いつからいたの？」

「たった今着いたばかりだが」

「おっそーい！　呼んだらすぐに来《こ》んかい！」

「来ただけありがたいと思えよ……」

「なっはっは！」

「で、どうかしたのか？」

素早く亜里砂の状況を確認する。

餌のミミズが入っている木箱は開きっぱなしになっているものの、餌自体はまだまだ残っている。釣り糸や釣り針の予備もある。土器バケツの中にはたくさんの魚が泳いでいた。

これといった問題は見受けられない。

「ナイフだ、ナイフをくれー！」

「ナイフって、サバイバルナイフのことか？」

「そうだよ！　釣れすぎたから開いて持って帰る！」

絵里には及ばないものの、亜里砂も魚を捌くことができる。この島で習得した。

「今は持ってないよ」

「えー、なんでだよ！　火影といえばナイフでしょ！」

「どんなイメージだよ」

「ま、ないなら青銅のやつでもいいよ！　取ってきて！」

「なるほど、要するに青銅のナイフを忘れたわけだな」

「そうとも言う」

亜里砂が舌を出して笑った。

「戻るのは面倒だし、この場で作ってやるよ」

「作るって、青銅のナイフを？」

「いや、石包丁だ」

俺は適当な石を拾い、それで石包丁を作ることにした。

別の石に打ち付けて形を作った後、平らな石を使って刃を研ぐ。

ものの数分で立派な石包丁が完成した。

「これでどうだ？　切れ味はそれなりにあるぞ、柄はないけど」

「さっすが火影！　完璧じゃん！」

亜里砂が「ほい、よろしく」と釣り竿を渡してくる。

「私が捌いている間、代わりにたくさん釣れよー」

「任せろ」

俺は亜里砂と位置を交代して、海に向いて座った。

「さすがは亜里砂様の釣った魚だ、活きがいい！」

　慣れた手つきで捌いていく亜里砂。締めから三枚おろしまでの動作に淀みがない。手が魚の血に染まってても平然としていた。

「いつの間にか器用になったもんだな。最初はミミズに触るのも一苦労だったのに」

「経験が人を成長させるのさぁ！」

「大したものだ。ミミズはともかく、捌く技術は釣りに影響しないだろ。そのまま持って帰れば絵里が捌いてくれるぞ」

「まぁねー。でも、私が捌いてやったら絵里の負担が減るっしょ？　それに、こうした方が持ち運ぶ時に軽くて済むからさぁ！」

　亜里砂の性格がよく分かるセリフだ。好き勝手に振る舞っているように見えて、実はこうして仲間のことを思いやる優しさを持っている。田中が絵里に振られた時も率先して慰めていた。

「そんなことよかさぁ！」

　眉間に皺を寄せて睨んでくる亜里砂。

「なんで私の作業が終わるまでの間に一匹も釣れてないわけ？　へったくそだなぁ！」

「ぐっ……」

　釣り竿は無反応で、魚が引っかかりそうな気配すら感じない。

「あらかた釣り尽くしてもういないんじゃないのか」

「そんなことないし！　貸してみ」

　亜里砂が俺から釣り竿を奪い、釣りを再開する。

すると、驚く程あっさり釣れた。

「ほれみぃ！」

「どうなってんだ……」

「火影はもっと魚の心を知れ！　魚心知れば百戦危うからずって言うだろぉ！」

「色々と混ざってるな……。だが、結果が結果なだけに反論できねぇ」

亜里砂は「それでよし！」と嬉しそうに笑った。

「なんにせよ、石包丁を作ったし俺の役目は終わりだな」

「だねー！」

「じゃ、俺は他を見てくるよ」

「りょーかーい！　まったねー！」

俺は立ち上がり、その場から離れていく。

「あ、待って、火影」

「ん？」

振り返ると、亜里砂は釣りを止めてこちらを見ていた。

「私に釣りを教えてくれてありがとうね」

「急にどうした」

「いやぁ、ふと思ったんだよね。火影がいなかったら釣りに縁がなかったよなぁって。そしたらさ、釣りがこんなに面白いものだと知らなかったわけじゃん？　そんなことを考えていたら、たまにはお礼の言葉でも言ってやろうかなって」

照れくさそうに頭を掻く亜里砂。

なんだかこちらまで恥ずかしくなってきた。

「とにかく！　ありがとな！　火影！　頑張れよ！」

「あ、ああ、どういたしまして、頑張るよ」

妙にほっこりした。

【花梨の提案】

翌日――。

朝食後、俺は花梨と愛菜を連れて畑に来ていた。

近くでは猿軍団が巧みな連携で頑張っている。放牧場で飼っている家畜の世話をしたり、水田の合鴨に餌をあげたりするなど、俺達よりも農作業が板に付いていた。

「いよいよ分げつが始まったな」

小麦畑を眺めながら呟く。

「分げつって？」と花梨。

「茎の根っこ付近から新たな茎が生えることさ」

俺は「ほら」と畑を指す。

愛菜と花梨は腰をかがめ、生えたばかりの茎を眺めて「なるほど」と納得した。

「分げつが始まったら麦踏みの時間だ」

愛菜が「え、待って」と女子高生らしい反応をする。

「麦踏みって何？　まさか麦を踏むの⁉」

「そのまさかだよ」

俺は笑いながら小麦畑に入り、実際に踏んでみせる。

「えええええええ！　いいの⁉　そんなことしちゃって！」

目玉が飛び出そうな程に驚愕する愛菜。

彼女の声に反応して、猿軍団が一斉に顔を向けてくる。そして、麦を踏んでいる俺を見て、「畑になんてことをしているんだ！」と言いたげに牙を剥いた。

「大丈夫！　大丈夫だから！　これはそういうやつなんだって！」

愛菜が説明することで、猿軍団は表情を和らげて作業に戻った。

「でも、本当にいいの？　踏んじゃってさ」

「むしろ麦踏みは大事な作業だから欠かせないよ。分げつが始まったことだし、今後は麦踏みをしていくぞ。期間は二ヶ月、十一月二十日頃まで毎日だ」

麦踏みは俺が独自に編み出したテクニックではない。一般的な栽培方法だ。

「質問していい？」と、花梨が手を挙げる。

「おう」

「麦踏みの効果って何？　麦を踏むこと自体は知っているの、教科書のイラストで見たことあるから。でも、なんで踏むのかは分からなくて」

俺は「記憶が曖昧で申し訳ないけど」と予防線を張ってから答えた。

「霜を防いだり、分げつを促進したりするんだ。徒長《とちょう》……要するによろしくない育ち方を抑えることにも繋がる」

「曖昧と言いつつ完璧なのは流石ね」

「曖昧だから間違っている可能性もあるってことで」

一呼吸置いて続ける。

「麦踏みは『踏圧《とうあつ》』とも呼ばれていて、現代では踏む代わりにローラーでぺしゃんこに轢いていくんだぜ」

「なんかテレビで観たことあるかも！　で、麦踏みってこんな感じ？」

愛菜はいつの間にか畑に入っていて、麦踏みを堪能していた。貫頭衣を着て踏圧に励むその姿は、一見すると縄文人のようだ。しかし、よくよく目を凝らすと、ピンクの髪やスリッポンスニーカーが現代チックなので違和感があった。

「おう、いい感じだぞ」

やったね、とガッツポーズする愛菜。

「これならあたしでも簡単にできる！　それになんだか楽しい！」

「私も試してみようっと」

花梨も麦踏みを始める。

「育てた麦を踏むなんてこと、最初に思いついた人は凄いよね」

「同感だ。偉大だよ」

しばらくの間、俺達は黙々と麦を踏んだ。

「こんなもんでいいだろう。花梨、他のメンバーにも麦踏みのことを教えてやってくれ」

「了解」

「分げつを確認して、麦踏みを始めたし……」

他にこの場所でやるべき作業はないか考えたが、これといって浮かばなかった。

「よし、俺は他所の作業を手伝ってくるよ」

「ほいほーい、行ってらー！」

愛菜が手を振る。

一方、花梨は――。

「火影、ちょっといい？」

呼び止めてきた。

「ん？　どうした？」

「考えていたんだけど」

花梨はそこまで言うと、途端に発言を止めた。続きを話しそうにない。

「あ、そうだ！　あたし、散歩にでも行こーっと！」

愛菜が気を利かせて去ろうとする。自分がいるから花梨が口をつぐんだ、と判断したのだろう。

俺もそう思っていたのだが、どうやら違ったらしい。

「待って、愛菜。別に離れなくていいよ」

花梨が止める。

「いいの？　邪魔じゃない？」

「大丈夫。この場で言おうと思ったんだけど、内容が内容だから、夕食の後にでも皆の前で話すよ。だから気にしないで」

「分かったー！　で、どんな内容なの？　気になるなぁ！」

「ふふっ、そんなに大したことじゃないよ」

「だったら今教えてくれてもいいのにー！」

「愛菜の言う通りだ」

「変にもったいぶる形になってごめんね」

そう言って笑う花梨だが、目は笑っていないように見えた。

なんだか気になるが、食い下がっても教えてくれないだろう。

「じゃ、夕食の後で」

会話を終えて、俺はその場から離れた。

◇

時計の針がするすると進み、夕食の時間へ。

「いやぁ、絵里殿のご馳走を毎日食べられて拙者は幸せでござるなぁ！」

「田中に同意するのは癪だけど、絵里の料理があるから私も釣りに励めるんだよなぁ！」

「そう言ってもらえて嬉しいよ。これからも頑張るね！」

絵里の作った料理に舌鼓を打ち、一日の終わりが迫っているのを実感する。

「さーて、お風呂、お風呂！　今日は拙者が一番風呂でござるー！」

「田中ぁ、お湯は綺麗に使えよー！　汚すなよぉ！」

「分かっているでござるよ！　拙者は亜里砂殿と違うでござる！」

「ちょっ、私だって汚さないし！　田中のくせに生意気だぞ！」

田中は不気味な笑い方をして、「したらばこれにて！」と立ち上がる。

それと同じタイミングで花梨が口を開いた。

「皆に提案したいことがあるんだけど、ちょっといいかな？」

立ち上がったばかりの田中は、空気を読んで何も言わずに腰を下ろした。

他の連中も顔から笑みを消し、真剣な表情になる。

「提案って？」と俺。

まず間違いなく、畑で言っていた話のことだ。

「私達の最終目標は地球へ帰ること。その為の行動として、海を渡ろうとしているでしょ？」

「そうだ」

肉眼では見えないが、スマホの超高性能カメラで捉えた島。そこが目的地だ。

「でも、現実的に考えてさ、渡航したからといって地球へ戻れる見込みは薄いでしょ？　それは皆も分かっているはず」

「分かっているさ。それでも取り組んでいるのは可能性を捨てたくないからだろ？」

「そう。先に言っておくけど、今更そのことに反対したいわけじゃないの。何度も話し合って今に至るわけだし、私も可能性を捨てたくないから」

花梨はそこで少し間を取り、「私が言いたいのは」と続けた。

「どう考えても持久戦になるよねってこと。向こうの島へ渡航するのにあと何ヶ月かかるか分からない。下手したら何年、何十年とかかるかもしれない。その可能性は大いにある。そうだよね？」

「まぁな」

今のところ、花梨が言っているのは現状の再確認に過ぎない。今回の本題である「提案」の前提を話しているだけだ。

本題はここからだろう。

「そこで提案なんだけど――」

やはり来たか。

全員が身構える中、花梨は真剣な表情で言った。

「私達の子孫を残さない？　この世界で長く生きることを想定して」

それは予想だにしない提案だった。

俺は小さな声で「大したことないなんて大嘘じゃねぇか」と呟いた。

【花梨 vs 亜里砂】

俺はこの世界で多くの女子とセックスした。

その際、絶対に気をつけていたのは相手を妊娠させないことだ。天音や詩織など、妊娠の心配がない場合を除き、基本的には避妊具《コンドーム》の使用を徹底している。唯一の例外は、ゴムの木の下で絵里とヤッた時のみ。

避妊具を装着するのは俺が真人間だから——ではない。この島で孕ますと大変だからだ。無事に出産するなんて至難の業だし、どうやっても妊婦の存在は生活に支障を来す。

なので、「子孫を残さない？」という花梨の提案には驚かされた。それは要するに「妊娠を目指してセックスしよう」ということであり、避妊を心がける俺とは真逆の考え方だ。

「あんたマジで言ってんの？　子供ってのはコウノトリが運んでくるんじゃないんだよ？　分かってる？」

亜里砂が口元に笑みを浮かべて冗談っぽく尋ねるが、目は笑っていない。

他の連中にいたっては口をあんぐりさせて固まっていた。

それだけ花梨の提案が突拍子もなかったのだ。

「分かっているよ。分かっていて提案しているの」

対する花梨は真剣な表情で答える。その目は本気そのものだ。

それでも亜里砂は冗談っぽさを維持したまま、「おいおいおい」と笑う。

「気でも狂ったのかぁ!? あんた、生でヤるって話をしてんだよ!? そもそもこの島じゃ恋愛自体が御法度みたいなもんでしょ？ 絵里に振られてすぐの惨めな田中をもう忘れちゃったわけ？ あんな空気になっちゃうよ！」

「惨めは余計でござるよ、亜里砂殿……」

「私は別に恋愛しようって言っているわけじゃないの。私達人類が末永く繁栄する為には子孫を残すのが最善だと思うって言いたいのよ」

「あんた、一体全体どうしちゃったのさ」

亜里砂が「ねぇ」と周りに目を向ける。

誰も口を開かないものの、醸し出すムードは亜里砂に対する同意だった。

つまり、花梨の提案に反対しているのだ。

そんな中、堂々と「悪くない提案だ」と花梨に賛成したのは、意外にも天音だった。

「遠い将来のことまで見据えるのであれば、新見花梨の提案は正しいだろう。そして、子孫を残すのであれば、可能な限り速やかに取り組むべきだ。子供が労働力として役立つまでには、早くとも出産から十年はかかる」

亜里砂は「ちょ……」と言うも、その後の言葉が浮かばないようで固まった。

「火影はどう思う？」

花梨が俺に振ってきた。

皆の視線が俺に集まる。

俺は「悪くないと思う」と賛同した。

それによって周囲がざわつくが、気にしないで続ける。

「俺達の生活は既に安定期へ突入している。環境は十分に整い、今は衣食住の質を向上させる為に活動している最中だ。花梨の言う通り渡航にどの程度の時間を要するか分からないし、仮に渡航しても地球へ戻れる保証はない。長期間の生活を想定するのであれば、子孫を残すことは理にかなっている。なので俺は花梨の意見に賛成だ」

「そうは言っても……」と愛菜が口を開く。

俺はそれを手で制止して、「しかし」と続けた。

「現実的に誰が妊婦の任を引き受ける？　男は別に問題ないだろう。田中や影山なんて既に勃起しているくらいだ」

女性陣が田中と影山の股間に目を向ける。

二人は慌てて手で隠すが、その行為がかえって認めていた。僕は勃起しています、と。

「「うげぇ！　キモ！」」

愛菜と亜里砂、絵里が口を揃える。他の女子も顔を歪めていた。

「よ、余計なことを言うなでござる、篠宮殿！」と俺を睨む田中。

「まぁ、田中と影山に限ったことじゃない。俺もそうだが、男ってのは今が性欲のピークだ。幻滅されることを承知で言えば、皆のような容姿に秀でた女子とセックスできるなら、愛がなかろうと余裕で勃起する。だから男側は問題ない」

我ながらゲスな発言をしている。

だが、女性陣は誰も「キモ」と言わなかった。真剣に俺の話を聞いている。

「問題は女のほうだ。諸々を考慮すると、妊婦の数は二人が望ましいだろう」

「その内の一人は私が引き受けるよ。提案したのは私だから」

花梨が挙手する。

「待った！　待った待った待った！」

割り込んできたのは亜里砂だ。

「子作りする方向で話を進めるのはどうなのよ。船を造って海を渡ろうってのとは話が違うっしょ。しかも下手すりゃ二人同時に妊娠する可能性だってあるわけじゃん？　それってまずいでしょ。安定してると言っても、それは今の環境を維持するのに全員が一丸となって取り組んでいるからなわけだし」

「つまり亜里砂は花梨の提案に反対なわけだな？」

「反対だね」

亜里砂はきつい目つきで俺を見ながら言い切った。

「後々のことを考えるってのは分かるけどさ、急過ぎるっしょ。たしかに早いほうがいいかもしれないよ。でもさ、だからって早すぎても駄目じゃない？　私らまだこの世界に来て二ヶ月しか経っていないんだよ。冬がどうなるかも分かっていない。仮に子作りをするにしてもさ、まずは一・二年くらい普通に生活して、十分に生きていけることを確認してから取り組むべきだよ。それからでも遅くない。それにさ、今後の気候が想定しているより酷かったらどうするのさ？　妊婦の世話をしながら対処するとか、ぶっちゃけ無理じゃん？」

亜里砂にしては珍しい理詰めによる反論だ。感情論で「セックスはんたーい」と主張しているわけではない。

そして、この言い分は全面的に正しいと言えるだろう。

いの一番に賛成票を投じた天音が「私が間違っていた」と意見を翻した。

「たしかに時期尚早だったな……」

俺も亜里砂に同意する。

他の皆も、続々と亜里砂に対する支持を表明した。

「それでも私は折れないよ」

しかし、花梨は意見を曲げなかった。彼女は大人だから、提案が却下されても意固地になることはない。何かしらの理由があるのだろう。

「亜里砂の意見も分かるけど、だからこそだと私は思う。今は快適だけど、今後もそうとは限らない。もしかしたら冬を乗り切れずに全滅するかもしれない。だからこそ、死ぬ時には悔いを残したくない。女だったら……いや、男でも、誰だって自分の子の顔が見たいって思うものでしょ？　少なくとも私は思う。だから私は一秒でも早く子作りをするべきだと主張するし、折れるつもりはないよ」

花梨の鋭い眼差しが亜里砂を捉える。

その視線に怯むことなく、亜里砂は花梨を睨んだ。

「要するにあんた、皆の為じゃなくて自分の為なのね？　それって自己中っしょ。今はそういうの違うよね？」

亜里砂の口調が攻撃的になる。一気にピリピリとしたムードが漂い始めた。

彼女らの一騎打ちに、俺達の介入する隙はない。黙って見守ることしかできなかった。

「自己中だよ。そんなことは自分でも分かってる。だから、私の意見を支持してとは言わない。亜里砂の意見の方が正しいって私も思うから。それでも私は意見を曲げない」

「あんたねぇ！　いい加減に――」

「この世界に来てすぐの頃、すごい暴風雨があったでしょ？　あの時、皆で必死に物資を避難させている中、亜里砂だけは散乱する私物の回収を優先したよね。覚えてる？」

「お、覚えてるけど……」

亜里砂の語気が弱まる。初めて怯んだ。

「あの時の亜里砂と今の私は同じ気持ちなの。亜里砂だってあの時、皆に迷惑をかけているって自覚あったでしょ？　それでも化粧品を拾い続けた。だから愛菜に『化粧品なんか後にして』って言われても、『今の私にとっては宝物なんだ』って言い返した。それと同じなのよ、私が子供を欲しがっているのは。だから悪いけど、自己中だろうとなんだろうと意見を曲げる気はないよ」

そして花梨は、改めて力強い口調で言い放つ。

「私は、子供が欲しい」

亜里砂が無言で俯く。

だからといって、代わりに口を開く者はいない。

沈黙が続いた後、「じゃあ……」と、亜里砂が顔を上げた。

「花梨は好きにすればいいと思う。自分が迷惑をかけてるって分かっていて、それでも子作りをしたいって言うなら誰も止められないでしょ」

「うん、そうする。提案って言い方をしたのは汚かったよね、ごめん」

「でもさ、誰とヤるの？　私の化粧品と違って、子作りにはパートナーが必要っしょ。花梨がその気でも、相手が協力的じゃなかったら無理だよ」

「そこなんだよね」

花梨が男性陣に視線を向ける。

田中と影山、それに吉岡田が分かりやすく勃起していた。不運にも今日は貫頭衣なので、服の上からでもサイズがよく分かる。彼らの息子は軒並み小さかった。

「自分は駄目でマッスル」

首を振ったのはマッスル高橋だ。

「花梨みたいないい女が駄目ってどういうこったぁ？」

ニヤニヤしながら絡む亜里砂。いつもの雰囲気に戻っていた。

「自分……恋人がいるでマッスル……」

「マジかよ！　リア充じゃねぇか！　このクソ野郎！」

「あ痛ッ！　暴力反対でマッスル！」

亜里砂に頭をグリグリされて、マッスル高橋は困った顔をした。

「大丈夫、協力を求める相手は決めているから」

花梨はクスリと笑い、視線を俺に向けた。

「火影、私はあなたがいい。あなたとの子が欲しいの」

だろうな、と思った。花梨が俺を選ぶことは容易に想像できた。

なにせ俺達はこれまで、何度となくイチャイチャしてきたから。

それでも、皆の前で指名されると、すぐには反応できなかった。

「火影が無理なら諦めるよ、私」

「そ、その際は拙者が代役を務めるでござる！」

「いえ、ぼぼぼ、僕でやんす！」

「抜け駆けは禁止です！　僕こそ相応しいです！　どうぞ！」

「いや、火影が無理なら諦めるんだって。代役とかないから」

「「「ウガガッ……！」」」

崩落する陰キャ三人衆。

「子供は欲しいけど誰でもいいわけじゃないの。別に三人のことが嫌いなんじゃないよ。ただ、火影がいいの。恋愛感情として好きかどうかは分からないけど、この島で子供を作るなら相手は火影以外に考えられない」

「それが妥当ですわね」とソフィア。

「と、花梨は言っているけど、あんたはどうするの？　火影」

愛菜が尋ねてきた。

花梨がまっすぐ俺を見る。瞳には俺の顔が映っていた。

俺は即答せず、ひとまず深呼吸。気持ちを落ち着かせて考えをまとめた。

そして、答えを出す――。

「光栄だ。俺でよければ喜んで」

【子作り】

子作りは週に一回の頻度で行うことに決まった。

可能なら年中無休で励みたいものだが、残念ながらそうもいかない。セックスは体力を大きく消耗するし、ヤり過ぎると腰を悪くする恐れがあった。

子作りをするのは土曜日だ。休日なので疲れても問題ない。それに次の日も休みだから、体力を回復することができる。

また、花梨の要望を受ける代わりに条件を付けさせてもらった。

その条件とは、他の女子との性行為を認める、というもの。

俺と花梨は子作りに励むが恋人ではない。だから、俺がどこで誰と性行為を楽しもうが問題ない。とはいえ、子作り中に黙って他の女子と楽しむのは、なんだか浮気しているみたいで気が引ける。ということで、勝手に条件を付けさせてもらった。

花梨は快諾した。最初から制限するつもりはない、とのこと。

一方、亜里砂は驚いていた。

「えっ!?　火影、他の女ともヤる予定なの!?」

「今のところ予定はないけど、今後は誘われるかもしれないだろ。で、誘われたら断らないよって話さ」

「おいおい、ヤリチンかよぉ！　やだねぇ、モテ男はさぁ！」

ペッと唾を吐くような素振りをする亜里砂。素振りだけで実際には吐いていない。そこはかとなく漂う根の真面目さ。

「別にモテ男とは思わないが……」

皆の視線が俺に集まる。女性陣は目を細めて怪訝そうに、男性陣はどこか恨めしげだ。

「仮に花梨以外とヤるとしたら誰なの？　やっぱり陽奈子？」

「ふぇっ!?　わ、わわわ、私ですか!?」

ぴょーんと垂直に跳ねる陽奈子。

彼女のすぐ隣にいる吉岡田が「ガガガッ……」と壊れたロボットのような声を出す。

「ど、どうして、そこで、私ですか!?」

陽奈子は頬をポッと赤くして亜里砂に尋ねる。妙に嬉しそうだ。

「だってあんた、明らかに火影のこと大好きじゃん。誘ってもおかしくないでしょ？　つーか、既にエロいことしちゃってるんじゃないの？　キスとかさ」

「ぐっ……」

「その反応！　既にキスしているな！　間違いない！」

ニヤニヤしまくりの亜里砂。

真っ赤な顔で固まる陽奈子。

何故か俺を睨む吉岡田。

「えっ、いや、その、それは、えっと……」

「まさかキスの先もしちゃった感じ!?　火影のチンポッポに触ったの!?」

「…………」

俯く陽奈子。頭から湯気が出ている。

「うっそー!?　マジ!?　触っちゃった!?」

「…………」

陽奈子は目をキュッと閉じ、何も言わない。今にも泣き出しそうだ。

「ねぇ亜里砂、妹をいじめるのはその辺にして？」

芽衣子が割って入る。笑いながら言っているが、目つきは日本刀のように鋭い。

亜里砂も危険を察知したようで、陽奈子に軽く謝って話を流した。

そんな亜里砂を、俺は何も言わずに一瞥する。

(他の女子とはキスの先もしているんだけどな……)

亜里砂とだけは、キスはおろか軽いイチャイチャすらしたことがなかった。

「なんにせよ、この亜里砂様の目の黒い内は淫行なんて許さないからね！　分かったかね、諸君！　ビッチ厳禁！　ＪＫたるもの淑女であれ！」

女性陣に向かって言う亜里砂。

彼女と目が合った女子は、例外なくばつが悪そうな顔で目を逸らした。

その後もなんだかんだで盛り上がり、楽しい一日が終わった。

そして、新たな一日が始まる。

九月二十一日、土曜日――早速の子作りタイムだ。

◇

朝食の最中に、絵里が何食わぬ顔で訊いてきた。

「火影君と花梨はいつヤるの？」

飲んでいた味噌汁を吹き出す俺。

「メシの時に訊くことかよ！」

「火影の言う通りだぞ！　で、いつヤるの？」と亜里砂。

「私はいつでもいいよ」

花梨が答えた。何事もないかのように、淡々と。

「嗚呼、羨ましいでござる……羨ましいでござる……許せぬでござるよ、篠宮殿……羨ましいでござる……憎いでござる……篠宮殿……ずるいでござる……羨ましいでござる……」

独り言を呟く田中。怨念じみたものを感じた。

彼の気持ちは理解できる。逆の立場だったら、俺も呪詛の言葉を吐いていたに違いない。それだけに飽き足らず、藁人形を作って釘を打ち込んでいたかもしれない。それほどまでに、俺はとんでもなく羨ましい状況にいるのだ。

「今日は特に予定もないし、この後すぐでどうだ」

「うん、分かった、ありがとう」

「こちらこそ」

皆の見ている前で、ご飯を食べながらセックスの予定を決める。

なんだか変な気分だった。

◇

朝食が終わり、皆が方々へ散る中、俺と花梨はアジトの奥へ移動した。

互いに布団を持ち、適当な場所を探してテクテク歩く。

「この辺にしようか」

「そうね」

床が平坦になっていて薄暗い場所だ。ひんやりしているので夜は肌寒そうだが、今の時間帯ならむしろ快適だ。

俺達はその場に布団を敷いた。シングルサイズの布団も二つ並べればなんちゃってダブルサイズになる。

いよいよ花梨と子作りをする時がやってきた。

「さて、どうやってイかせてやろうか」

そう言って布団に座った瞬間だった。

「今日は私から」と、花梨が襲いかかってきたのだ。

俺を仰向けに押し倒し、跨がってきた。前髪を掻き上げながら体を重ねてくる。彼女の唇が近づいてきたので、俺は抵抗することなく受け入れた。

唇が重なる。花梨の舌が口の中に入ってきた。貪るように俺の舌へ絡んでくる。

キスの間、彼女は右手で俺の息子を弄り始めた。しなやかな指先をズボンの上で踊らせる。

ペニスは既に八割勃起に達していた。

「大胆だな」

「いいでしょ？」

花梨の唇が俺の首筋に向かい、チロチロと舐められる。くすぐったいが、気持ちいい。同時進行でズボンを脱がされた。手や足の指を使って、するすると巧みに。

「火影が疲れないよう、私がたくさん動くね」

俺の返事を待つことなく、花梨はフェラチオを始めた。体を密着させたまま下へずれていき、迷うことなくペニスを咥える。口の中で思いっきり吸われた。

一瞬にしてフル勃起になる。

「すげぇ気持ちいい……やばいよ……」

ジュポジュポという音が鼓膜を刺激してくる。

(極楽だ……たまには為す術なくされるのも悪くないな……)

そう思うものの、されっぱなしは性に合わない。お返しをしたいところだ。

「大丈夫、力を抜いてて」

何食わぬ顔で体を起こそうとしたら阻止された。

よく見ると、彼女は空いている手で自分の膣を弄っていた。俺のペニスを舐め回しながら、中指で自分の陰核《クリ》を撫でている。いつの間にパンツを脱いだのだろう。

「私、上手なほう？　他の女子と比べて」

ペニスの裏筋を舐めながら上目遣いで尋ねてくる花梨。

「かなり上手だよ。めちゃくちゃ気持ちいい」

これはお世辞ではなく本心だ。

花梨は非常に上手い。俺が悦ぶポイントを知り尽くしている。

「なぁ、花梨、俺……」

「もう挿《い》れたい？」

「そうだ。まともな前戯をしてやれなくて悪いが……」

「いいよ」

花梨は服を脱いで全裸になり、俺の横に仰向けで寝そべって脚を開く。

俺も裸になって、彼女の脚の間に陣取った。

(そういえば、花梨とはこれが初めてのセックスなんだよな)

いざ挿入しようとした時にふと思った。

「花梨って、処女だよな」

「うん」

「だったら時間をかけて慣らさないとな。初めてなら痛いだろうから」

ペニスを陰核に擦りつける。

花梨は小さく喘ぐも、俺の体を押して止めてきた。

「痛くていいの。今すぐ挿れてほしい」

「えっ」

「破瓜《はか》の痛みも含めて、初体験をきっちり味わいたいから」

「そういうことか。てっきり痛いのが好きなのかと思った」

「適度な痛みなら嫌いじゃないよ。興奮した火影にお尻を叩かれた時とか、痛かったけど喘いじゃったし」

「そんなこともあったな」

セックスこそしていないものの、花梨とは色々なプレイをしてきた。最も変態プレイをした相手は誰かと問われれば、迷うことなく花梨の名を挙げるだろう。

(話が盛り上がる前に挿入しよう)

花梨の唾液でにゅるにゅるのペニスを、愛液にまみれた膣へ近づける。亀頭で膣にキスした後、「いくよ」と声をかけてから挿入した。

「うっ……！」

花梨の体がビクつき、膣がギュッと締まった。開かれていた脚が内股になって閉じようとするので、膝を掴んで強引に開く。

「大丈夫か？　まだ手前までしか入っていないけど」

「大丈……夫……だからぁ……」

「なら続けるよ」

もう少し奥へペニスを進める。

「あぅ！」

花梨は背中を反らせて敷き布団を握る。歯を食いしばっていて、見るからに痛そうだ。

「半分しか入っていないぞ？」

浅いところで腰を振る。処女膜は既に破れていて、膣からは血が出ていた。

「痛い……きつい……でも……気持ちいい……」

首筋から滝のように汗を流しながら、花梨が声を絞り出す。

しばらく浅い位置でのピストンを続けていると、膣の締まりが緩まってきた。

「次第に気持ちよさが勝ってきたようだな」

花梨は右手の甲で口を隠しながら、恥ずかしそうに頷いた。

「もうじき激しくするからな」

花梨の胸に顔を埋め、乳首を舌で転がす。膣から愛液が分泌されて、ペニスの滑りがますます良くなった。

「火影、もっと、奥、奥まで……」

「分かってるさ」

一気に奥へ突き立てた。

「あああああああああああああっ！」

花梨の体が縦に波打つ。目はカッと開かれていて、口から唾液が飛び散った。

「どうだ、子宮とペニスが当たっている感覚は」

「すごい……すごいよ……あっ……んんっ……！」

子宮を突いたのが合図となり、俺は激しく腰を振った。

ガンッ、ガンッ、ガンッと、何度もペニスを突き立てる。何度も、何度も。

「ちい……気持ちいい……！　気持ちいいぃ！」

花梨はクロスさせた両腕で顔を隠しながら喘いでいる。子宮を突かれる度、背中を反らせて感じていた。

「駄目……もう駄目……火影……私……」

「頭がおかしくなってくるだろ？」

「うん……そう、やばい……ああっ！」

花梨の反応に大満足の俺は、体を倒して彼女に抱きついた。互いの体から吹き出ていた汗が混じり合う。今はそれすらも心地よかった。

「もっとだ、もっとおかしくなれ！」

上半身を密着させたまま腰を振る。

パンッ！　パンッ！　パンッ！

弾ける音が響き、飛び散った汗が壁を濡らしていく。

「火影、ちょうだい……ちょうだい！」

花梨が俺の体に両腕を回し、力一杯に抱きつく。

「俺ももう限界だ、出すぞ、花梨！」

残された力を振り絞り、全力で腰を振った。

性器のぶつかる音と花梨の喘ぎ声、そして俺の荒い呼吸だけが響く。

花梨と目が合って、キスを交わす。

後のことなど何も考えられなくなっていた。

「イク、イキそうだ」

ペニスがパンパンに膨張している。

そして、その時がやってきた。

「中……中に……出して……出して！」

「もちろんだ！」

大きく浮かせた腰を勢いよく打ち付け、膣の奥深くで射精した。

惜しみなく放出された精液が花梨の子宮に注がれていく。

心なしかいつもよりたくさん出ているような気がした。

「火影のが……たくさん……」

「中で広がっているだろ？」

「うん……温かい……」

「子供、できるといいな」

花梨は嬉しそうに頷き、汗だくの顔に笑みを浮かべた。

「中に出してくれて……ありがとう……」

【沿岸漁業】

子作りセックスが終わった後、俺と花梨は湖に移動し、シャワーで汗を流した。

シャワーといっても日本にあるようなご立派な物ではない。土器バケツの底に小さな穴を開けて吊しているだけだ。女性陣……特に亜里砂から「シャワーが欲しい！　シャワーを作れ！シャワーだ！」とねだられて、少し前に作った。

「掃除は私がやっておくね」

「なら俺は布団を戻してくるよ」

俺と花梨の布団をまとめて抱える。

「じゃ、またあとで」

湖に花梨を残して広場へ戻ろうとする。

だが、何歩か進んだところで足を止めて振り返った。

「なぁ花梨、一つ訊いてもいいか？」

「どうしたの？」

「子供の名前、もう決めているのか？」

花梨は「ぷっ」と吹き出した。

「気が早すぎでしょ、火影」

「そういうわけじゃない、ふと気になっただけだ」

「分かってるよ」

花梨はしばらく笑った後、恥ずかしそうに言った。

「決めているって程じゃないけど、いくつか候補は考えているかも」

「本当に気が早いのは花梨のほうだったな」

花梨は「そうだね」と頬を緩め、それから、こう続けた。

「名前、聞きたい？」

「いや、今はいい。子供ができた時に教えてくれ。楽しみにしているよ」

夫婦のような会話をしているな、と思いつつその場を後にした。

◇

「あ、篠宮君！　お疲れのところ悪いんだけど見てくれる？」

広場では芽衣子が待っていた。えらく嬉しそうな顔をしていて、言葉とは裏腹に申し訳なさが微塵も感じられないが、まぁいいだろう。何かいいことがあったようだ。

「ついに完成したよ」

芽衣子は柄の付いた丸い網を見せてきた。

それは魚をすくう為の道具〈たも網〉だ。

「おお！　いい感じに仕上がっているじゃないか！」

柄は木材で、網は糸と青銅を混ぜた独自仕様。見た目はやや不格好だが、性能が及第点なら問題ない。

このたも網は俺が依頼していたものだ。注文通りサイズが大きめなので、使用するには両手で持つ必要がある。

「強度は大丈夫か？」

網を触ってみる。青銅が混ざっているだけあって硬さが感じられた。強く握ったら手が切れるかもしれない。

「たぶん大丈夫だと思う。亜里砂に作った物より青銅の比率を増やしたから。その分、重くなっちゃったけど」

「たしかに市販のたも網に比べてずっしりしている」

たも網に思い至ったきっかけは亜里砂だ。釣りで使いたいと言って、芽衣子にたも網を作らせていた。その時は強度が足りず失敗に終わった。

「これなら暴れる魚にも耐えられそうだな」

たも網を釣りで使うつもりはない。俺が見ているのはもっと規模の大きなもの――漁だ。文字通り一網打尽にする考え。

「火影君のお眼鏡にかないそう？」

「ああ、これなら問題ない」

答えてから気づいた。

「久しぶりに下の名前で呼んだな」

陽奈子と同じで、芽衣子も基本的には俺のことを苗字で呼ぶ。気分によって下の名前で呼ぶこともあるが、滅多にない。

一方で、女子に対しては早々に下の名前で呼ぶようになっていた。それも呼び捨てだ。例えば亜里砂のことは最初「二子玉さん」と呼んでいたが、今では「亜里砂」である。

「下の名前で呼ばれるの嫌だった？」

「むしろ苗字のほうが変な感じがする」

「なんかしっくりきちゃっているんだよね、苗字のほうが」

芽衣子が「それよりも」と話題をたも網に戻した。

「その網は何の漁に使うの？」

「そういえば詳細を言っていなかったな」

「だから気になっていたんだよね」

「これはだな……」

言おうとしたところで、「いや」と口をつぐむ。

芽衣子の頭上に疑問符が浮かんだ。

「どうせだから実際に見せてやるよ。明後日の月曜日、アレに乗って漁に行こうぜ」

前に愛菜が転落した場所の近くに立ち、足下の海に目を向ける。

そこには新たな海の友である小型の木造漁船が停まっていた。

船体は前まで使っていたボートを単純に大きくしたものだ。乗船人数は最大五人を想定しているが、現実的には三・四人が望ましい。

この漁船には立派な帆が付いており、オールと風の力で進む。その為、「帆船」と呼んでも間違いではない。しかし、実際にコイツを帆船と表現するのは憚られた。

帆の大きさに反して風を掴めないのだ。初めての造船だったので、帆を上手く機能させることができなかった。要するにこの帆はハリボテである。

それでも、これまでのボートよりは格段にパワーアップしていた。大きくなったことで安定感も増している。

「明後日は俺達史上初となる沿岸漁業だ！」

「楽しみね」と、芽衣子が小さく拍手した。

◇

そして、その月曜日がやってきた。

九月二十三日、異世界生活六十八日目――。

「何度見ても面白いメンバー構成だね」

漁船で大海原を進んでいると、芽衣子が言った。風になびく黒髪を掻き上げながら、同船している残り二人のメンバー見る。

一人はマッスル高橋。船尾に座り、左右のオールを豪快に回している。オールが回転する度、「マッスゥル！」という声が響いた。この船の動力源だ。

もう一人は吉岡田。帆の改良案を考えるヒントになれば、と連れてきた。いずれ渡航に挑戦する時、ハリボテの帆では話にならない。だから設計図担当の吉岡田には、可能な限り経験値を稼いでレベルアップしてもらいたい。

「俺と芽衣子を含めて四人しか乗れないとなれば、選択肢は他にないんだよな」

「じゃあ、私の代わりにもう一人選べるとしたら誰にする？」

「詩織か陽奈子だな。海に強い」

「天音は候補に挙がらないの？　海に強いなら彼女が一番だと思うけど」

「天音はアジトの防衛担当だ。まず大丈夫だとは思うが、他所のチームが接近してきたとしても彼女がいれば安心できる」

「たしかに」

俺は水平にした手を額に当て、周囲を見渡す。

「よし、目標の魚群を発見した。高橋、ストップだ」

「了解でマッスル！」

船のスピードが滑らかに減速していく。

「助かったよ。しばらく休んでいてくれ」

「マッスル！」

マッスル高橋はオールを甲板に置き、大きく息を吐いた。それから、自らの上腕二頭筋を確認してうっとりしている。

俺は帆を畳むことにした。張ったままだと船が動いてしまう。ハリボテでも微かに機能しているのだ。

「これで完全に停まったな」

さて、漁の時間だ。

手を伸ばせば届く距離にいる魚群を指しながら芽衣子に尋ねる。

「何の魚か分かるか？」

パッと見て分かるのは、尋常ならざる数の小魚だということ。

芽衣子は船から上半身を乗り出し、「うーん」と魚を見つめる。

「メダカかな？」

「ハズレだ。メダカより大きい」

芽衣子の眉間に皺が寄る。

「私、魚の名前を全く知らないんだよね……。他に思い浮かぶのはマグロくらいだけど、どう見てもマグロではないでしょ？」

「だな」

「じゃあ正解を教えて」

「イワシだよ」

「あー、言われてみればイワシに見えるかも」

マイワシやらウルメイワシといった小魚の総称、それがイワシである。

俺達が狙うのは、イワシの中でも小柄なカタクチイワシと呼ばれるタイプ。日本では「小イワシ」という名称でも知られている。

イワシは沿岸性の魚なので、海岸に近いところで群れていることが多い。この世界に生息しているイワシも同様で、島からさほど遠くないところにいた。島から離れ過ぎると起こる謎の荒波海域よりも遥かに手前だ。

「こいつらを捕まえるのはびっくりするほど簡単だぜ」

俺は「見てな」と、たも網を海に沈めていく。

魚群を切り裂くような形で垂直に立たせた。

その状態で静止して頃合いを見計らう。

「今だ！」

一気に網をすくい上げる。ざぶーん、と水しぶきが舞った。

「こんな感じだ」

ニッコリしながら網を見せる。中には一〇匹以上のイワシが入っていた。

「おおー！」

芽衣子が「お見事」と拍手し、土器バケツをこちらに向けた。中にはあらかじめ汲んでおいた海水が入っている。船には同じようなバケツがいくつもあった。

「お、助かるぜ」

捕獲したイワシをバケツへ放り込む。

「日本でもこうやってイワシを獲るの？　もちろん個人で行う場合の話ね」

「個人ならサビキ釣りが定番だな。餌の入った籠を垂らして釣る方法だ。糸にたくさんの針がついているから一度に数匹釣れる」

「篠宮君みたいにたも網を使わないのはなんで？」

「使わないんじゃなくて使えないんだと思う。ここまで海面付近を泳いでいることはまずないから。日本だともう少し深いところにいるんだ。だから網が届かない」

「そうなんだ」

この世界でカタクチイワシの魚群を発見した時は目を疑った。まるで酸欠の金魚みたいに、海面に迫っていたのだ。地球とは異なる生態系に適応した結果、そのようになったのかもしれない。

「とりあえず、この調子で一〇〇〇匹くらい捕まえて帰ろう」

「せ、一〇〇〇匹も⁉　小魚とはいえ多すぎない⁉」

愕然とする芽衣子。

「そんなに食べられないです……どうぞ……」

吉岡田が真っ青な顔で言う。彼はまさかの船酔いに陥っていた。

「もちろん今日中に食べきるつもりなんてないよ。保存食にするんだ」

イワシは魚なので、そのままだとすぐに腐ってしまう。普通に食べるのであれば、その日ないし翌日には消費しておきたい。

「イワシの保存食なんかあるんだ？」と芽衣子。

「色々あるよ。例えば煮干しなんかは定番だろう」

「あー、そっか、煮干しは保存食だね。忘れてた。他には何があるの？」

「塩漬けや干物も保存食に入る」

「本当に色々あるね」

「むしろイワシは基本的に保存食だと思うが」

「私の家だとイワシといえば揚げ物だったよ」

「なるほど。天ぷらや唐揚げにしても美味しいもんな」

「でしょ。それで、篠宮君のオススメの保存食は何？　煮干し？」

俺は「いや」と首を振った。

「オイル漬けだ」

「それって、オイルサーディンとは別物？」

「同じだよ」

「作れるの？」

「余裕だ。頭や内臓を取るなどの下処理をした後、オリーブオイルで煮込むだけだからな。風味付けとしてブラックペッパーや香草を入れてもいい」

必要な物は揃っているので、オイルサーディンを作るのに苦労することはないだろう。

「イワシは栄養価が高い。この島で食生活に気をつけるなら多めに食っておきたい」

「オイルサーディンだったら魚の臭みが薄れて食べやすそうね」

「それでいて日持ちするのだから非の打ち所がないぜ」

芽衣子は「流石ね」と感心した後、「でも……」と疑問を口にした。

「料理のことに疎いから頓珍漢な意見になるかもしれないけど、香草やブラックペッパーを使ったら他の食べ物と同じような味にならないかな？」

「いい着眼点だ。実は絵里も同じ疑問を抱いていた」

「そうなの？」

「絵里は本職の料理人じゃないからな。調理技術はプロ級でも、引き出しは少ないんだ。ウチは調味料の種類が多くないし、味の方向性はどうしても似てしまいがちになる。俺達からすればご馳走を食べられるだけありがたいから気にしないけどな」

「絵里、いつも言ってるもんね、『もっと味の幅を広げたい』って」

「だから昨日、絵里と二人で風味付けの代替案を考えた。さっき説明したブラックペッパーや香草と一緒に煮込むというのは、一般的なオイルサーディンの作り方なんだ」

「ウチでは風味付けに何を使うの？」

「何も使わない」

芽衣子が「えっ」と驚く。

吉岡田とマッスル高橋も首をかしげた。

「何も使わないの？」

「そうだ」

「でも、それだと生臭さが強くなるというか、味が薄くなるというか、微妙になっちゃう気がするけど」

「そのまま煮込めばそうなるわな」

「そのまま煮込むつもりはないわけね？」

「一手間加えてスモークしようと考えている。燻すことで煙の香りがつくし、臭みも軽減される。それでいて普通のオイルサーディンよりも日持ちするようになるから、保存食という観点からも最高だ」

「スモークしたイワシのオイル漬け……美味しそう。よく閃いたね」

「スモークオイルサーディンは日本でもあるんだ」

「へぇ、食べたことないかも」

「そのままでも一品になるし、潰してポテトサラダに混ぜても美味い。健康にもいいし万能だぜ」

「この世界でもオイルサーディンを使って色々な料理ができるかもしれないね」

「絵里はそのつもりだ。だから俺達もたくさんのイワシを持って帰ろう」

その後、可能な限りイワシを獲り続けた。

一つ、また一つと土器バケツをイワシで埋めていき、満杯になったので帰還する。

漁船やたも網に問題はなくて、初めての沿岸漁業は大成功に終わった。

【ソロ活】

初めての沿岸漁業で大量のイワシを持ち帰った、次の日――。

この日の目覚めは最悪だった。

「この臭さどうにかしてよ火影！　あんたのせいなんだぞ！」

起きた瞬間から朝食後の今に至るまで、亜里砂から臭《にお》いについての文句を執拗に言われていた。

たしかに今の俺は臭《くさ》いけれど、それは俺に限った話ではない。皆もそうだ。手や体、もっと言えば空間自体が臭い。それはもう、べらぼうに臭っていた。

その理由はイワシにある。

大漁と言う他ない完璧な成果を持ち帰った後、皆でイワシの処理を行った。

獲るのは楽でも、戻ってからは過酷だった。オイルサーディン、煮干し、塩漬け、干物……何を作るにしても、生きたイワシに手を加える必要がある。

俺達は血眼になってイワシを加工した。下手すりゃ一〇〇〇匹に及ぶであろう数に対して、一匹ずつ真摯に向き合ったのだ。

そんなことをすれば、当然ながら広場は魚屋顔負けの強烈な臭いに満たされる。それは軽く洗うだけでは落ちず、髪や爪の隙間にも染みついていた。

「ここで作業するのはきついね」

「嘔吐《えず》いてしまうかもしれませんわ」

「うぅぅ、篠宮さぁん……」

手芸班の面々が顔をしかめている。

「誰かトイレ用の消臭剤を持っていないでござるか？」

田中が尋ねる。

さすがにそう都合よく現代の消臭剤が出てくるわけ――。

「あ、そういえば私持ってたわ！　消臭剤！」

「本当でござるか亜里砂殿ォ！」

「なわけなかろうが！　あったら苦労してないわ！」

亜里砂にヘッドロックを食らわされる田中。理不尽な暴力なのに、彼は幸せそうな笑みを浮かべていた。亜里砂の豊満な胸が頬に当たっているからだ。

「炭でも飾っておくか、広場の消臭ができるとは思えないが」

木炭や竹炭などの炭は、日本でも幅広く利用されている便利な代物だ。消臭だけに留まらず、燃料としても使える。米や水を美味しくする効果も有名だ。なかには衣類の洗濯に使う人もいる。

ウチでも臭いがきつい日は風呂に入れることがあった。例えば昨日とか。

「でも、そのくらいしかないよね、実際にやれることって」と花梨。

「あとは時の流れに身を委ねるしかない。明日か明後日には臭いも消えているさ」

言い出しっぺの亜里砂が「だねー」と流すように同意して話が落ち着いた。

「火影君、木炭の備蓄は今のままでいいの？」

詩織が尋ねてくる。俺が答える前に、彼女は付け加えた。

「前に『もう少し木炭の備蓄を増やしておきたいよなぁ』って言ってたけど、それから木炭を作っていないよね」

「すっかり忘れていた。よく覚えていたな」

「会話内容を覚えるのは職業病だからね」

詩織が笑う。

「なら俺は木炭を作るよ」

こうして、本日の活動が始まった。

◇

アジトの奥に保管してある薪を持って、すぐ外の砂浜にやってきた。

「うしっ、炭を作っていくか」

土器バケツに薪を入れていく。ギッチギチに詰めるのがポイントだ。隙間がなければないほど素晴らしい。

どうしてそうするかというと、薪を空気に触れさせない為だ。空気に触れる形――つまり普通に燃やした場合、炭ではなく灰になってしまう。薪の持つ炭素と空気中の酸素が結合してしまうからだ。

薪を詰め終えたらバケツをひっくり返し、石で作った焚き火台に載せる。

そのままでも問題ないのだが、薪が抜け落ちる可能性を考慮し、台とバケツの間に青銅の網を挟んでおいた。この網は絵里に頼まれて調理用に作った物だが、どちらかといえば炭を作る時に使うことのほうが多い。

バケツの側面に煙突用の竹筒を装着して準備完了だ。

しばらく眺めていると、焚き火の炎がバケツ内の薪を燃やし始めた。

台に土を盛って隙間を埋める。酸素の供給量を制限して灰になるのを防ぐ為だ。

「どうせだから竹炭も作っておこうかな」

竹炭の製法は木炭と同じだ。用途も同じなのだが、適している場面が異なる。木炭はどちらかといえば燃料用であり、消臭などの目的で使う場合は竹炭の方が優秀だ。

「いや、やっぱりいいか。竹炭の備蓄は十分にあったはずだ」

こうしている間にも、木炭作りは順調に進んでいる。

竹筒から凄まじい量の煙が出ていた。あとは煙の色が変わるのを待つだけだ。

しかし、これが結構な時間を要する。間抜け面でボケッとしていては勿体ない。

なのでアジトへ戻り、オリーブオイルを作っている最中の田中に話しかけた。

「すまないが、砂浜で作っている木炭の引き継ぎを頼めるか？」

「いつも通り煙の色が変わるまで待って、そのあとに回収すればいいのでござるな？」

「そうだ」

「任せるでござるよ。他の作業をしながら定期的に確認しておくでござる」

田中の作業はアジト内もしくは近辺で完結することが多い。だから、木炭を作る時はしばしば引き継ぎを頼んでいた。

「回収した木炭はどうするでござる？」

「すぐには使わないから保管しておいてくれ」

「承知したでござる。篠宮殿はこれからどうする予定でござる？」

「薪割りでもしてくるよ。木炭を作ったことで薪の備蓄が心許なくなったから」

俺は壁に立てかけてあった石斧《せきふ》を持ち、アジトの外へ向かった。

◇

薪割りを行う場所は決まっている。放牧場や田畑の近くだ。

そこに伐採した原木が積んである。全てマッスル高橋が一人でやったものだ。

この原木が、薪や建材に生まれ変わる。

「流石は高橋、いい仕事ぶりだな」

積まれた原木は、枝が綺麗に取り除かれていた。

「丸太の備蓄は……」

原木の隣を確認する。

「あったあった」

長さ約三〇センチの丸太がいくつもあった。利便性を考慮して、しっかりサイズを測ってカットしている。

原木を玉切りにしたのは詩織と天音の二人。

最初に詩織が青銅のノコギリで切れ込みを入れ、それを天音が手刀で真っ二つにする。ウチには色々な怪物が在籍しているけれど、天音はその中でもトップクラスの規格外だ。

俺は丸太を一つ取り、地面に立たせた。そこに石斧を叩き込む。

「せーのっ、おらぁ！」

狙いは大雑把で問題ないが、中心には当てないよう意識した。真ん中は硬くて、割るのに苦労するからだ。

「いっぱーつ、にはーつ、さんぱーつ！」

色々な箇所に石斧を食らわせていく。

丸太は小気味いい音と共に砕け、手頃なサイズの薪になった。

「この石斧も年季が入ってきたな」

石斧は島に来て間もない頃に俺が作った。

刃に使われている石は、花梨が調達してくれた硬度の高い物。

作った当初は柄の耐久力が心許なかったが、後に芽衣子が改良した。

グリップに布を巻いたのは陽奈子だ。

多くの人が色々な作業で使っていて、皆の思いが詰まっている。

「篠宮さーん！」

無心になって薪を割っていると、珍しい人物が駆け寄ってきた。

マッスル高橋だ。いつもは淡々と自分の仕事をこなしている。

「どうした？　筋肉不良か？」

「筋肉不良？　それは何でマッスル？　自分の知らない筋肉用語でマッスル」

真剣な表情のマッスル高橋。

俺は苦笑いで「すまん」と謝った。

「筋肉不良は俺のジョークだ。忘れてくれ」

「そうでマッスルか」

あっさり流される。それはそれで悲しかったが、まぁいいだろう。

「で、どうした？　珍しいじゃないか」

「実は篠宮さんにお願いがあるでマッスル」

「お願い？　言ってみろ」

「食事にウサギ肉を増やして欲しいでマッスル！」

これまた予想外の用件だ。

「神妙な顔でやってきたから何事かと思ったら食事内容についてか」

「自分にとっては非常に重要でマッスル」

「言いたいことは分かるよ。ウサギ肉のＰＦＣバランスは鶏の胸肉と似ているものな」

「そうそう！　そうでマッスル！」

ＰＦＣバランスとは、タンパク質・脂質・炭水化物の構成を意味する。

鶏の胸肉とウサギ肉のＰＦＣバランスは非常に似ていて、どちらも高たんぱくで低脂質、それでいて低カロリーだ。プロテインのないこの場所では、これ以上ない食材と言えるだろう。

「最近はウサギ肉を食べる機会がなくて、筋肉が悲しんでいるでマッスル」

「言うなれば筋肉不良……いや、なんでもない」

筋肉に関する冗談は通じなさそうなので止めておこう。

「お願いでマッスル。ウサギを調達してほしいでマッスル」

「かまわないよ」

「本当でマッスルか!?」

「だが、まずは絵里の許可を取ってくれ。全員分のウサギをたくさん調達するのは難しいから、やるならお前だけ別メニューの食事になる。調理を担当しているのは料理長の絵里なわけだから、お願いするなら相手は俺でなく絵里だ」

「そう言うと思って、絵里さんには許可をいただいたでマッスル！」

「手際がいいな」

この辺りの要領の良さは他の男子と違う。

「なら俺に許可を取る必要はないだろう」

「絵里さんが、篠宮さんが許可すればかまわない、と言ったでマッスル！」

「そういうことか」

絵里らしい対応だ。

「それではウサギ肉を楽しみにしているでマッスル！」

「分かった。可能な限り早く食いたいだろうから、今から罠を仕掛けてくるよ」

「いいのでマッスル!?」

「寡黙な高橋がわざわざ頼み込んできたくらいだからな。任せておけ」

「ありがとうでマッスル！」

「その代わり俺の作業を引き継いでもらっていいか？　薪の補充なんだが」

「もちろんでマッスル！」

「じゃ、この石斧を使って――」

「不要でマッスル！」

マッスル高橋は左右の手にそれぞれ丸太を持つと、「マッスゥル！」と叫びながら、ご立派な胸筋の前で激しくぶつけた。その衝撃で二つの丸太が割れて、大量の薪になる。

「お前や天音を見ていると、自分がいかに平凡かよく分かるよ……」

「筋肉は嘘をつかないでマッスル！」

俺は苦笑いを浮かべながら、石斧を置きにアジトへ戻った。

◇

「なんだか今日は一人の時間が多いなぁ」

ウサギの罠を設置し終えた俺は、近くの川で休んでいた。

先を尖らせた枝に川魚を刺し、焚き火で焼いて頬張る。熱々の焼き魚をハフハフすると、サバイバルをしている実感が湧いた。

それはいいのだが……。

「あんまり美味くねぇ」

魚の味に不満だ。塩などの下味を付けずにただ焼いただけだからだろう。それでも昔は美味いと思えたが、今は満足できない。

絵里の料理を食べ過ぎたせいで舌が肥えてしまったようだ。このままだと焼きキノコを食べて「不味くて食えたもんじゃねぇ」などと嘆く日が来るかもしれない。そうなったらサバイバルマン失格だ。

「おっ」

対岸の木に面白い物を発見した。

ミツバチの巣だ。既に完成している。

なのに蜂の姿は見当たらない。巣の中でお休み中なのだろうか。

なんでもいい、とにかくチャンスだ。

「蜂蜜が手に入るぞ！」

俺は川を渡り、巣の数メートル風上に移動した。

「ニホンミツバチか、それともセイヨウミツバチか……分からねぇな」

ミツバチには在来種《ニホン》と外来種《セイヨウ》が存在している。

「ま、どっちだっていいか。どっちにしても極上の蜂蜜だ！」

煙の出やすい葉を燃やし、風下にある蜂の巣に燻煙を食らわせる。

ニホンミツバチの場合、燻煙を浴びせるとびっくりして一斉に飛び出す。そして、すぐ近くにいる敵を襲う。危険なのでニホンミツバチの巣に煙をかけることは推奨されていない。

一方、セイヨウミツバチは煙で大人しくなる。ニホンミツバチとは対照的に、煙をかけてから接するのが基本だ。

どちらか分からない状態で煙をかけたのは、こういった性質を熟知しているから。どちらの蜂であったとしても問題ない。対処法を考えてある。

「出てこないな」

煙を浴びせても反応がない。セイヨウミツバチの可能性が高い。

「もう少し近づいてみるか」

煙を維持したまま近づく。

巣の中が見える距離まで近づいて気づいた。

もぬけの殻だ。蜂自体が入っていない。

「これは……もしかして……！」

嫌な予感がした。

確かめるべく、念の為に持ってきていたサバイバルナイフで巣を切ってみる。

「やっぱりそうか……」

予感的中だ。

巣の中にはスムシと呼ばれる蛾の幼虫がうじゃうじゃいた。

スムシは蜂の巣を食い尽くす畜生だ。

こいつがいるから、ミツバチは巣を放棄して出て行った。

「これでは駄目だな」

スムシの蠢く蜂の巣など気持ち悪くて食えたものではない。いや、食おうと思えば食えるのだが、仲間達に見せるわけにはいかなかった。見てくれがグロテスクにも程がある。

「やれやれ、この島にも害虫がいるんだな」

俺達に直接的な危害を加えるわけではないが、蜂蜜の入手を妨害したという点において、スムシは十分に害虫と言えるだろう。

「……と思ったけど、むしろ益虫か？」

スムシがいなければミツバチに襲われていたかもしれない。そう考えると、スムシは益虫と言えなくもなかった。

「もういいや、興が削がれたし帰るとしよう」

蜂の巣から得られたのは、蜂蜜にありつけない悲しみだけだった。

【かまどを作ろう】

あれよあれよと言う間に九月が終わり、十月になった。

日本では朝のニュース番組で「○○の秋」というワードが飛び交い、アパレル業界は一足先に冬の流行を作ろうと躍起になっている頃だろうか。

そんな十月の始まり――。

俺達は来《きた》る冬に備えて日々を過ごしていた。

夕食後、手芸班を代表して、芽衣子が新作をお披露目を行った。

「とりあえず全員の分が完成したよ」

「「うおおおおお！」」

ウサギの毛皮で作ったコートだ。外套として使えるのはさることながら、ちょっとした掛け布団としても役に立ちそう。見た目こそ市販品に劣るが、機能性は大差ない。

「手芸班の衣類革命は留まるところを知らないな！」

先日は長袖の貫頭衣を作っていた。しかも着色しており、人によって色が異なっている。全員が同じ色の服を着て過ごすというのは、もはや過去の話になりつつあった。

「このコート、すごく暖かいよ！　これなら寒くなっても余裕だぁ！」

毛皮のコートを羽織って大興奮の亜里砂。

そんな彼女を眺めながら、俺は芽衣子に言った。

「これほどの代物を全員分作るとは大したもんだ」

「ウサギの皮がたくさん手に入ったから奮発しちゃった」

「高橋君の偏食のおかげだね」

絵里が笑いながらマッスル高橋を見る。

「自分だけ別の料理で申し訳ないでマッスル」

「いいよいいよ、気にしないで！」

「メシといえば、そろそろ……」

俺の言葉で、皆の視線がアジトの奥へ繋がる通路に向かう。

「お待たせでござるー！」

この場にいない唯一の男――田中が戻ってきた。この島の冬が過酷な場合は長期の巣ごもりを強《し》いられるので、その為の備蓄が問題ないか確認してもらっていた。

「どうだった？」

「一番大事な食料でござるが、特に問題なかったでござる！」

田中の言う「食料」とは保存食のことだ。コツコツ蓄えてきた甲斐あって数ヶ月分ある。種類も豊富なので、「今日も同じメシだ……」と嘆くことはない。

「ひとまず餓死は避けられそうだな。他はどうだ？」

「材料各種も問題なかったでござるよ！」

食料や衣類の他にも必要な物は多い。例えば、焚き火用の燃料や石鹸の材料など。

確認する項目は多岐にわたる。闇雲に点検すれば何かしら見落とすだろう。

だから対策を考えておいた。花梨が。

「この通りでござる！」

田中が一枚の紙を取り出す。「備蓄品チェックリスト」と書かれた表で、全ての項目にチェックが入っていた。

「チェックリストの項目は全て調べたので、見落としがあれば花梨殿の責任でござる！」

ドヤ顔で「がっはっは！」と笑う田中。

「田中が適当にチェックをつけた可能性が残っているぜ」

「たしか書類偽造の田中って呼ばれてなかったっけ？」と、愛菜がニヤつく。

「田中君はそういうとこあるからなぁ」

絵里まで便乗した。

「どうしてそうなるでござるぅ！」

嘆きながら崩れる田中。

俺達は声を上げて笑った。

「これで冬がしょぼかったらウケるよなぁ！」

ニシシ、と笑う亜里砂。

「しょぼい分には大いに結構さ。問題は想定よりも過酷な場合だ。俺達は東京や大阪といった都会の冬を想定しているが、実際にはもっと寒くて、北海道やロシアと同レベルの寒さになるかもしれない。どうなるか分からないからこそ、最悪の事態に備えておかないと」

この世界の冬が極寒になる可能性は高い。

夏が快適だったからだ。最も暑い日ですら三十度あるかどうかだった。

そのことを踏まえると、想定以上に寒くなってもおかしくない。

「なんにせよ今のところは順調だ。今後は生活環境の改善がメインになるが、この調子なら大丈夫だろう」

「服のバリエーションも増えていい感じだもんね」

愛菜はその場でくるりと回転する。よもぎで染めた優しい黄緑色の貫頭衣がひらひらと揺れた。丈が長めなので、我ら変態紳士共が望む太ももちらりはなかった。

「チェックリストの項目以外に何か問題ありそう？」

花梨が俺を見る。

「うーん……」

目を瞑り、独自のチェックリストを思い描いて、花梨の作ったリストと照らし合わせる。

その結果――。

「いや、問題ないだろう」

花梨は「よかった」と、安堵の笑みを浮かべる。

俺は頷き、皆に向かって言った。

「明日以降もゆるっと頑張ろう！」

「「おー！」」

◇

翌日――十月二日、水曜日。

異世界生活七十七日目となる今日も、清々しい快晴で始まった。

朝食が終わると、俺は四人のメンバーと共に砂浜へ向かった。

その四人とは、花梨、田中、影山、吉岡田。

「皆は貝殻の採取を頼む」

「久しぶりでござるな、この仕事！」

「猿軍団に任せていたからな」

頼もしき猿軍団の主力は、農作業が忙しくて手が回らない状況だ。

「火影がやれって言うなら喜んでやるけど、貝殻を集めてどうするの？」

四人を代表して花梨が尋ねてきた。

「いつもと同じさ。焼いて砕いて粉にする」

「それだったら既に十分な量があるんじゃ？」

他の三人が頷く。

「たしかに今はたくさんあるよ。ただ、これから一気に消費する予定なんだ」

「何に使うの？」

「竈《かまど》を作ろうと思っている」

「ああ、絵里が欲しがっていたね」

竈は焚き火よりも火力が強く、形状的に調理がしやすくなるだろう。米の導入後は炊飯でも活躍するはずだ。

完成すれば、確実に料理の質が高くなる。

「他に質問はあるかな？」

花梨が首を振る。男性陣もそれに続いた。

「指揮はいつも通り花梨が執ってくれ」

「任せて」

説明を終えた俺は、竈を作るべくアジトに戻った。

◇

竈は一人で作ることにした。

材料が揃っている為、作るのは簡単だ。

まずは石を積み上げて竈の形にしていく。現代では規格化された物を使うところだが、この島でそれは不可能だ。したがって、どうやってもデコボコになり、石と石の間に隙間が生まれる。

この問題を解決するのに効果的なのがモルタルだ。しっかり塗って隙間を埋める。

モルタルを作るのに使うのが、貝殻を砕いて作った例の粉だ。あの粉に砂と水を混ぜるとできる。

モルタルは現代の建築でも使われている。固まればかなりの強度になり、熱にも強い。竈を作るのにもってこいだ。

「これでよし」

石とモルタルで竈の形を作ったら、問題がないか確認する。排煙用の煙突はあるか、鍋を火にかける為の穴は最適な大きさか、等々。

特に問題ないようなら、あとはモルタルが固まるまで待つのみ。

「え、もう完成？」

一仕事を終えて休んでいると、絵里が話しかけてきた。

彼女は今日も元気にご飯の支度をしている。手際の良さ、調理の腕、食材の扱い方……どれをとっても完璧だ。

「普通ならこれで完成だよ。固まったら使える」

「普通なら？　火影君のは特別製？」

「念の為にひび割れ対策もしようかと思ってね」

優秀なモルタルにも弱点があって、それがひび割れだ。熱した後で急激に冷まそうものならひび割れが生じるし、防水性が低いので雨に打たれ続けてもいけない。頑丈な反面、デリケートなのだ。

モルタルを扱う以上、ひび割れの問題は避けて通れない。日本の建築現場で使われているモルタルは、添加剤を混ぜた機能性の高いものが主流だが、それでもひび割れは起きる。

そこで俺が考案したのは——。

「この竈に漆を塗る予定だ」

漆のコーティング効果は凄まじい。木の器に漆を塗っただけで「漆器」と呼ばれるものになるくらいだ。我々の軟弱なモルタルも、漆を塗ればレベルアップするに違いない。

「モルタルに漆を塗る……すごい発想！」

「俺の考えた独自のテクニックだが、自信はある」

「実際に試したことはあるの？」

「もちろん――ない！」

絵里は目をギョッとさせて驚いた。

「ほ、本当に大丈夫なの!?」

「大丈夫だ、俺と漆を信じろ」

「あはは、分かった！　火影君を信じるね！」

俺は木材を持ってきて、竈の三方に木の柵を作った。残り一方は壁なので必要ない。さらに適当な紙を用意し、「乾くまでお触り厳禁！」と書いて柵に貼る。

「これで誰も触らないだろう」

「むしろ触りたくなってきたよぉ」

うぅぅ、と唸る絵里。

「気持ちは分かるが触るなよ」

俺は笑いながら竈を見る。

「最近の気温を考慮すると、モルタルが固まるまで最低でも一週間は必要だな」

「一週間かぁ、長いなぁ」

「今回は念を入れてもう少し長めに乾燥させよう。で、固まった後に漆を塗る必要もあるから、使えるようになるのは十日後からってところだな」

言った後に脳内で計算して、やはり十日後だな、と結論づけた。

「火力が上がってお米も手に入ったら炒飯とか作ってみたいなぁ」

「その時は最上級のパラパラ具合で頼むぜ」

「頑張る！」

絵里の作業を手伝いながら雑談を楽しんだ。

【労働力の限界】

竈作りにこれといった問題は起きず、漆のコーディングも終えた。

そして、作業開始から十日が経過した十月十二日、土曜日――。

「待たせたな、絵里！」

「やったー！　ありがとう、火影君！」

絵里が抱きついてくる。

料理の質を向上させる設備〈竈〉が完成したのだ。

広場の壁際に設置された竈の存在感は相当なもので、作った俺ですら圧倒された。

「早速、この竈で朝ご飯を作ろうぜぇ！」

鼻息を荒くして訴える亜里砂。

もちろん俺達は賛成した。

「じゃあ目玉焼きでも作るね！」

絵里はウキウキした様子で竈の火をつけた。燃料は建材を作る過程で生まれた木切れだ。

火力を高める為、彼女は芽衣子の作った団扇《うちわ》で酸素を送る。俺も火吹き竹をふーふーして加勢した。

鍋を置く為の穴から炎の頭がゆらゆらと現れる。

それを見た俺達は「うおおおおお」と大興奮。

絵里は竈に青銅のフライパンを置いてオリーブオイルを引く。フライパンが青銅製な上に高火力とあって、油は瞬く間に熱くなった。

「よいしょっと」

そこへ採れたての鶏卵を投入。これまでの経験によって調理レベルが上がっている彼女は、さながらベテランシェフのように片手で卵を割っていた。

卵はフライパンに着地するなり目玉焼きへ変貌していく。

「最初は火影君の分ね」

フライパンから俺の持つ皿へ目玉焼きがスライドする。見るからに美味そうだ。

「やはり竈があると調理の風景が映えるでござるな」

田中の言う通りだ。

今までは焚き火の炎で調理していた。それはそれで良かったが、やはり竈の方が生活感があって様になっている。

「手作りの竈で、手作りのフライパンを使って調理する……これはＳＮＳ映え間違いなしだね！　花梨、撮影したいからスマホを貸してー！」

亜里砂が、早く早く、と手を出す。

「オッケー」

花梨は鞄からスマホを取り出して渡した。

彼女のスマホは太陽光充電に対応している為、未だにバッテリーが切れていない。というより、ばっちり一〇〇パーセントのフル充電で残っていた。

「絵里ぃ、フライパンを振るって振るって！」

亜里砂がスマホのカメラを絵里に向ける。

「目玉焼きだから振るうとかないんだけど」

「いいんだよ！　何を作ってるかなんて分からないし！」

「はいはい」と呆れ気味に笑いながら、絵里はフライパンを振ってみせる。

「こんな感じ？」

「そうそう！　次で撮るからもう一回！」

「いくよー」

絵里が全身を使ってフライパンを振る。

ボインボイン揺れる彼女の胸に、「おほーっ」と釘付けの我ら変態紳士連合。

混じり気のない軽蔑の眼差しで見てくる女性陣。

そんな中、カシャッ、と音が鳴った。

「撮れた！　めっちゃいい感じっしょ!?」

亜里砂が皆にスマホを見せる。

右手で持った菜箸をフライパンに当てている絵里が映っていた。動きが大きかったからか微かに残像ができていて、それがダイナミックさを演出している。ドヤ顔で見せてくるだけあって非常に素晴らしい。

「いい写真だな。やるじゃないか、亜里砂」

「だろぉ！　釣りだけじゃないんだぜぇ、私はさぁ！」

亜里砂が「どんなもんよ」と胸を叩く。

「かぁー！　ネットが使えたらアップすんのになぁ！　ちくしょー！」

「異世界の料理写真とかバズりそうだね」

花梨は亜里砂からスマホを受け取った。

「それじゃ、この目玉焼きを――って、ああああ！」

絵里が絶叫する。

俺達は彼女の視線を追ってフライパンを覗き、理解した。

目玉焼きが焦げ焦げになっていたのだ。ひっくり返すまでもなく裏面が黒焦げだと分かる。

それほどまでに酷いのだから、実際は想像以上に黒いはず。

「やっちゃった……」

「なら俺の目玉焼きと交換しよう。俺が食べるよ」

自分の皿を絵里に差し出す。

絵里は「いや」と首を振った。

「これは私のミスだし、私が食べるよ」

「写真を撮るって言い出した亜里砂のせいだと思うけど」と詩織。

「詩織に賛成。亜里砂が悪いから亜里砂に食べさせよう」

ニヤニヤしながら亜里砂を見る花梨。

「えー私ぃ!?　いや、でも、そっかぁ、たしかに私が悪いよなぁ」

珍しくあっさり納得する亜里砂。

「じゃ、じゃあ、亜里砂に食べてもらおうかな？　ごめんね」

こうして亜里砂の皿に残念な目玉焼きが移る。

「ま、亜里砂様にかかったら焦げくらいへっちゃらよ」

亜里砂は箸で目玉焼きを裏返す。

ブラックホールもびっくりの黒色が現れた。彼女の顔が歪んだ。

「うげぇ、本当に焦げまくりだぁ……」

「おいおい、それって食えるのかよ」

「私なら残しますわ、申し訳ございませんが」

「お嬢様の仰る通りだ。焦げは健康によくないぞ、二子玉亜里砂」

「うぐぅ……」

亜里砂は黒焦げの目玉焼きを見つめながら悩んでいる。

そして――。

「やっぱり駄目だー！　こんなに焦げていると食べられーん！」

などと言って、目玉焼きを田中の口に突っ込んだ。

「うぎゃあああああ！　な、何をするでござるか亜里砂殿ォ！」

飛び跳ねる田中。口から飛び出た目玉焼きが、彼の持つ皿に着地した。

亜里砂は「いやぁ」と悪びれる様子もなく笑った。

「田中なら食べられるかと思ってさぁ」

「拙者をなんだと思っているでござる！」

「だって絵里の手料理だよ？　食べられないの？」

「それは……」

「食べられるでしょ？　田中ならさ！」

調理を再開していた絵里がちらりと振り返る。

「も、もも、もちろんでござる！　絵里殿の料理なら失敗した焦げ焦げの目玉焼きでも美味しくいただけるでござるよ！」

次の瞬間、田中は真っ黒の目玉焼きを口に入れた。味わうように何度も咀嚼し、吐き出すことなく飲み込む。

「いやぁ、最高でござった！　今日も美味《びみ》でござったよ、絵里殿！」

目に涙を浮かべ、明らかに辛そうな顔で笑う田中。

「田中君……ありがとう」

絵里は照れ気味に微笑んだ。

それが田中のハートを射抜いた。

「聞いたでござるか皆の衆！　絵里殿が拙者に恥じらいながら言ったでござるよ！　ありがとうって言ったでござる！」

「聞いていたでやんす！　流石は会長！　カッコイイでやんすよ！」

「田中君もたまには男気を見せるんだね」と芽衣子。

「いやぁ！　ついに拙者の時代が来たでござるなぁ！　拙者の時代でござるよぉ！」

この日の田中は、寝る時まで舞い上がっていた。

◇

翌日。

今日は日曜日なので、昨日に続いて休みだ。

ここ最近、日曜日の目覚めがとてもいい。土曜日に花梨と子作りセックスをするからだ。

子作りと他の性行為で大きく異なっているのは、皆が知っているかどうか。子作りは周知の上で行うので、バレないかヒヤヒヤする必要がない。遠慮なく、たっぷり、時間をかけて楽しむことができるのだ。

前にネットか何かで、子作りセックスは作業のようなもので気持ちよくない、という話を見たことがある。だが、俺達に関しては当てはまらなかった。きちんと情熱的にまぐわい、すっきり中出しをキメている。昨日も三回ほど中に出した。

子作りに対する周囲の反応は想定していたよりも薄い。誰もが普通に受け入れていて、軽蔑されたり妙な距離感が生まれたりすることはなかった。

その証拠に、花梨と子作りを始めた後も他の女子とセックスしている。この前は詩織と、その前はソフィアと楽しんだ。

そんなわけで新たな日曜日を迎えたわけだが、早々に問題が発生した。

「ほんと女って大変だな。無理するなよ、愛菜」

「あはは……。でも、今日でよかったよ。休みだし」

愛菜が生理でダウンしたのだ。アジト内から一歩も出ず、それどころか布団で横になっている。額に脂汗を浮かべていて、見ているこちらまでしんどくなりそうだ。

生理の辛さには個人差がある。

前に花梨から教わった情報によれば、愛菜はかなり重いほうとのこと。これまでも生理の時は辛そうにしていたが、今回は特に酷い。

俺は愛菜につきっきりで過ごすことにした。彼女の手足となって言う通りに動く。

「何かして欲しいことはあるか？　遠慮せずに言えよ」

「大袈裟だなぁ、ただの生理なのに」

「ただの生理でも侮れないからな。こんな時くらいは素直に甘えておけ」

「分かった、ありがとう」

愛菜の頭を優しく撫でる。ピンクの髪にいつもの艶がない。

「ウキ！　ウキキィー！」

「ウキキィ！　ウッキィ！」

猿が入れ替わりで様子を見に来る。どいつもこいつも愛菜のことが心配でたまらないのだ。

彼女が生理になる度、猿軍団はこのように浮き足立っていた。

ただ、今日はいつも以上に気になっているようだ。愛菜が死にそうな顔をしているからだろう。彼女がどれだけ「大丈夫」と言っても、猿達が安心することはなかった。

猿軍団は愛菜の命令しか受け付けない。俺達に協力しているのも愛菜の為だ。ここの猿にとって、愛菜は絶対的な存在である。

その愛菜が危機的な状況に陥っている……と、猿は認識している。そうなると、連中は居ても立ってもいられないわけで、本来なら起きないはずのトラブルが起きてしまう。

「愛菜、猿達に作業を切り上げさせてくれない？」

やってきたのは花梨だ。なんだかうんざりした様子。

「どうしたの？　何か問題あった？」

「愛菜のことが心配だからだと思うけど、作業に身が入っていないの。そのせいで、作業をしているというより妨害しているような状況なのよ。今日は休みだし私が代わりにやるから、猿には愛菜の近くで待機するよう命じてくれないかな？」

「ごめん……」

「謝ることじゃないよ。猿のおかげで私らは快適なんだし。だからこそ、こういう時は休みにしてあげないとね」

「じゃあ、お言葉に甘えるね」

愛菜は猿軍団に命じて作業を終わらせた。

手の空いた猿が続々と広場に集まってくる。瞬く間に広場が猿で溢れかえった。

愛菜を囲むように座り出す猿軍団。もれなくこの世の終わりみたいな顔をしていた。

「私は作業に戻るね。一人じゃ辛いから火影も手伝ってくれる？」

「いいよ。これだけ猿がいれば愛菜は大丈夫だろう」

愛菜がかすれた声で「大丈夫」と頷く。

「何かあったら俺を呼びに来るよう猿に命じておいてくれ」

俺と花梨はアジトを出て、小麦畑に向かう。

到着するなり花梨が言った。

「こういうことなのよ」

「なるほど、これはたしかに……」

一目で猿軍団が働けていないと分かった。

執拗に踏まれた麦と全く踏まれていない麦があるのだ。つまり、同じ麦しか踏んでいない。

踏み方も酷かった。これでは踏圧というより荒らしだ。

「麦踏みすらまともにできないとは深刻だな」

やれやれ、と苦笑いで頭を掻く俺。

花梨は真剣な顔でこちらを見た。

「愛菜が生理になる度この調子じゃ困るし、どうにかして猿に対する依存度を下げたほうがよくない？」

「そうだな」

生理を予防することは不可能だ。

なので愛菜は今後も生理になるし、その度に同様の問題が起きかねない。

「今は依存し過ぎているからなぁ、猿軍団に」

愛菜だけ休む分には問題なくカバーできる。だが、猿まで機能しなくなるのはまずい。チームの大半が同時に休むようなものだ。

それに、猿軍団がいつまでも仲間でいるという保証はなかった。反旗を翻すとは思わないが、何かの拍子に去っていく可能性はある。スムシに巣を蝕まれたミツバチのように。

「言うのは簡単だけど、実際のところどうしようもないよね」

「限界まで働いているからな」

現状では人と猿の労働力をフルに使っている。その為、「では依存度を下げましょう」と簡単に調整することはできない。猿軍団の仕事をカバーした場合、今度は他の作業が人手不足に陥ってしまう。

「仲間を増やす？　前にやった引き抜き作戦みたいに」

「それは駄目だ。今はリスクが高すぎる。他のチームに居場所がバレたら面倒なことになる。それだったら、まだ作業量を減らして規模を縮小したほうがマシだ」

「だよね。私もそう思う」

「とはいえ、できれば規模の縮小は避けたい。今ですら渡航計画の詳細を煮詰められずにいるわけだし」

どうしたものやら、と頭を抱える。

何とかして労働力を確保せねばならない。

労働力の確保、労働力の確保、労働力の確保……。

——閃いた！

「ちょっと時間が掛かるけど、将来を見据えてやってみるか」

「やってみるって、何を？」

「自動化さ」

「自動化!?」

「そう、作業の一部を自動化するんだ」

頭数を増やせない以上、残された改善策は作業効率の向上しかない。

「自動化って簡単にできることなの!?」

「流石に一朝一夕とはいかないが、できると思うよ。今の俺達ならね」

「凄っ……！」

「感心するのは実際にできてからにしてくれ。失敗する可能性だってある」

こうして、作業の自動化《オートメーション》に向けての取り組みが始まった。

【水車小屋】

作業の一部を自動化する──。

現代の日本だとそれは機械化を指すのだが、ここでは違っていた。

なにせここは、産業革命が起きて機械が発達するよりも前の文明。

自動化といえば、水車だ。

水車は水の流れる力で動く。機械のように複雑な作業はできないが、貝殻を砕いたり水を汲み上げたりといった単調なものは余裕でこなせる。

水車を造ることは難しい。しかし、今の俺達にとっては造作もないこと。これまでに培ってきた技術をもってすれば、労することなく造れるだろう。

とはいえ、造るにはそれなりの時間が必要だ。

設計図を準備するだけで一・二週間はかかるだろう――と、思いきや。

「水車の設計図ができました！　どうぞ！」

吉岡田はあっという間に仕上げてしまった。

水車を造るぞ、と思い立ってから僅か二日しか経っていない。

「まさかこの世界に来て三ヶ月で水車を造ろうとしているなんてな」

夕食後、俺は設計図を眺めながら呟いた。

「火影君が皆を引っ張ってくれているからだよ！」

「絵里さんの言うとおりです！　篠宮さんがすごいからですよ！」と陽奈子。

俺は「ありがとう」と照れ笑いを浮かべ、設計図を精査する。

気になった点は――特になかった。完璧だ。俺の要望通り小屋も含まれている。

(この短期間でこれほどの設計図を用意できるとはな)

吉岡田の成長ぶりは目覚ましいものがある。嬉しい誤算だ。

これで残すは建材の準備だけだが、実はこの作業が最も大変である。原木を加工する必要があるからだ。木を伐採して「はい、終了！」というわけにはいかない。

当然ながら加工に使う道具は自作した物であり、電動の工具など存在しない。作業効率が悪いので、少量の建材を用意するだけでも一苦労だ。

だから、設計図を使った製作物は未だに三つしかない。猿の寝床になっている二軒の高床式住居と沿岸漁業で使った漁船だけだ。

「伐採は任せるでマッスル！　ウサギ肉パワーでマッスル！」

「高橋にはこれからも伐採を頑張ってもらうとして……」

改めて設計図に目を通す。

とりあえず、備蓄分の木材だけで一軒は造れそうだ。

「明日は水車小屋を造ろう。午前中に木材の加工を終えて午後に組み立てる、というのが理想的な流れだ。そうなるように頑張ろう」

「「了解！」」

◇

水車の仕組みはシンプルだ。

製作時に気をつけるのは、川に設置する縦型の回転部くらいなもの。

ランナと呼ばれる羽根車が上手に機能するかどうかがポイントだ。コイツが問題なく動いてくれるようなら問題ない。あとは回転に合わせて作業する装置を付けるだけでいい。

「これで完成だな」

吉岡田の設計図をもとに取り組み、皆で協力して水車小屋を造った。亜里砂が川釣りで使うのとは別の川に建っている。

　この川はこれまで殆ど利用していなかった。急流とまではいかないまでも、川の流れが速くて危ないからだ。釣りやエリ漁には適していない。だが、水車には適していた。

「なんか思っていたのと違うなぁ。これって水車小屋って呼べるの？」と亜里砂。

「ま、小屋というより箱って感じではあるな」

「そう！　それ！　私が言いたいのはそれよ！　水車箱！」

「建材を可能な限り節約しつつ、水車の機能自体を下げない方向で調整した結果です！　どうぞ！」

　誇らしげな吉岡田。

「実に素晴らしい！」と、俺は大絶賛。

　俺達の造った水車小屋は小さくて、中に人の寝転ぶ余裕はない。動けるスペースは公衆電話のボックス二つ分といったところ。なので、今は俺しか中に入っておらず、他はすぐ外にいた。

「吉岡田の名誉の為に解説させてもらうと、この小屋に期待しているのは水車の機構を雨風から守ることだけだ。ここで過ごそうなどとは考えていない。緊急時の一時的な雨宿りとして使えるスペースもあるわけだし、文句なしに完璧だよ、この小屋」

　皆が「おー」と感心の眼差しを吉岡田に向ける。

　吉岡田は照れ笑いを浮かべて鼻の下を撫でた。

「完成したことだし、早速だが試運転といこうか」

水車にやらせる仕事は既に決めている。

粉砕だ。

主に貝殻の粉砕を想定しているが、他にも砕いて使うものはある。ソバとか。

単調でありながら重要な作業なので、自動化されたら結構な負担減となるだろう。

この水車は粉砕作業に特化している。羽根車《ランナ》が回転すると槌が動き、真下にある臼へ打ち付けられるようになっていた。

「セットしたでござるよ！」

田中が臼に貝殻を置いた。

「ランナを動かすから臼に手を近づけるなよ」

「ランナって分かりにくいから普通に羽根車《はねぐるま》って言え！」

亜里砂がブーブー言うので、「はいはい」と返して言い直す。

「羽根車《はねぐるま》を動かすぞ」

小屋に設置しているレバーを引く。羽根車と川を遮る木の板が上がった。羽根車の中に水が流れ込んでいく。

緩やかに動き始める水車。槌がおもむろに上がっていく。最大まで上がると、一気に打ち付けられる。

槌と臼のぶつかる音が響いた瞬間、俺達は「うおおおお！」と沸いた。

「ちゃんと動いたよ！　火影君！」

ぴょんぴょん跳ねて喜ぶ絵里。

いつもなら揺れまくりの胸を凝視するところだが、今は俺も興奮している為、「動いた！動いたぞ！」と鼻息を荒くしてハイタッチした。

水車の動作は問題ない。人力に比べてスローペースではあるものの、貝殻が着実に粉へ変わっている。いい感じだ。

「これで拙者の得意な仕事が失われたでござるな……！」

田中が複雑そうな表情で槌を眺めている。

「今の田中は他の作業だってできるから問題ないだろ」

田中が製粉作業の担当に選ばれたのは、加入当時の彼が無能だったからだ。何をやっても不器用で、火熾しすらままならなかった。だから、誰でもできるこの仕事を任せていた。

しかし、それはもはや過去の話。

今でも田中は不器用だが、それでも立派な戦力になっている。大体のことはできるから、零斗や笹崎のチームなら即戦力として国宝級の扱いをしてもらえるはずだ。

「この水車小屋は貝殻の製粉を専門にするとして、今後は食材の製粉や脱穀、製糸なんかも水車で対応したい。なので、最低でもあと二軒は同様の水車小屋を造ろう。建材の準備にかかる手間を考えると、最短でも一週間、下手すりゃ二週間は要するだろう。だが、完成すれば作業が快適になることは間違いない」

俺は「頑張ろう！」と、右の拳を突き上げた。

◇

それからは水車小屋の建築をメインに作業を進めた。生理から回復した愛菜に猿軍団を監督してもらい、可能な限りのリソースを水車小屋に割く。

その結果、僅か四日で残り二軒の水車小屋が完成した。

日暮れ前、皆で作りたての水車小屋を眺めていた。

「思ったより早く済んだな」

「高橋君の功績が大きかったね」

芽衣子の言葉に、誰もが大きく頷いた。

短期間に必要分の建材を用意できたのは、マッスル高橋の頑張りによるものだ。怒濤の「マッスル」連呼で木を伐採しまくってくれたおかげで、残りのメンバーは木材の加工に集中することができた。

「お役に立てて良かったでマッスル！」

マッスル高橋はボディビルダーらしく色々なポーズを決めている。ポーズが変わる度に「マッスル！」と誇らしげだ。特別メニューのウサギ肉を食べるようになってから、明らかに士気が上がっていた。ほとばしるパワーがこちらにまで伝わってくる。

「天音もよく頑張ってくれた。助かったよ」

「こちらこそ、いい訓練になった」

木材の加工に天音を投入したのも大きかった。表面を削って滑らかにする〈鉋《かんな》がけ〉は、普通にすると大変なのだが、彼女がいれば楽勝だった。青銅のナイフを渡し、「これは木材の加工ではない、ソフィアの命を狙う悪党の皮だけを剥ぐ拷問の練習だ」とアドバイスしたところ、一瞬で終わらせてくれた。

「あたしが不甲斐ないばかりにごめんね」

そう謝ってきたのは愛菜だ。未だに生理でダウンしたことを引きずっていた。

「何度も言っているが、謝ることじゃないだろ」

「そうかもしれないけど……」

「たしかにきっかけは愛菜の体調不良だ。だが、それはきっかけに過ぎない。ウチの人手不足を考慮すれば、遅かれ早かれ作業の自動化は必要だった。仮に愛菜の体調不良がなかったとしても、そう遠くない内に水車小屋を造ることになっていただろう。むしろきっかけを与えてくれたことに感謝したいくらいだよ」

「私なんざ水車が何かも知らなかったからなぁ！」

などと意味不明なことを言って、亜里砂は「がはは」と豪快に笑った。

「ありがとう、火影。それに皆も」

「こちらこそ。愛菜や猿軍団にはいつも感謝してるぜ」

かくして予定していた全ての水車小屋が無事に完成した。

「明日と明後日は振替休日ってことにするか。昨日と今日は休みだったけど、実際には休日返上で働き詰めだったわけだし」

「やったー！　やっと釣りができるぞぉ！　――おっとっとぉわっ！」

亜里砂は嬉しそうに両手を挙げ、勢い余って後ろに倒れた。

そんな間抜けさを笑いながら、この日も楽しく過ごすのだった。

◇

次の日。

休みということもあり、この日の目覚めは遅めだった。

最後から二番目だ。未だに寝ているのは亜里砂だけ。

寝相の悪い彼女は、今日も元気に周囲の布団を蹴飛ばしていた。

「よく寝たぜ」

体を起こし、寝ぼけ眼を擦る。壁に立てかけている木の板に目を向けた。

黒炭で日付が書いている。誰かが作った手作りカレンダーだ。

「いよいよ十月も終わりが近づいてきたな……」

今日は十月二十一日。

花梨と初めての子作りセックスをしたのが九月二十一日なので、ちょうど一ヶ月になる。もうそんなに経つのか、と時の流れの速さに驚いた。

この頃の気温は、先月や先々月より明らかに低い。夏の暑さは既に無く、冬の到来を予告しているようだ。寒くなるにつれて布団から出るのが辛くなる。

最近は長袖の服を着ることが多かった。制服の日は重ね着だ。

ぼんやりしていると、詩織と花梨の話し声が聞こえてきた。

「花梨って寒がりだよね」

「代謝が悪いのかな」

「基礎代謝が低いと太るよ」

「むっ」

俺は布団から這い出て顔を洗った。

今度は田中と影山のゲラゲラ笑う声が聞こえてくる。

その声を掻き消すように、ある女子が俺の名を呼びながら駆け寄ってきた。

絵里だ。

「火影君、来て来て！」

「篠宮殿は起きたばかりでござるよ。代わりに拙者が同行いたそう！」

「ううん、火影君がいいの！」

「んがーっ！」

「会長ォ！」

田中の喚き声のおかげで脳が覚醒した。

「おはよう、絵里。どうしたんだ？」

「ついてきて！」

俺は立ち上がり、絵里と一緒にアジトの奥へ向かう。

彼女は目印を頼りに進み、湖で足を止めた。

「見て！　あれ！」

絵里が土器のプランターを指す。

それを見た俺は頬を緩めた。

「ついに来たか！　この時が！」

プランターに植えたトマトが花を咲かせていたのだ。

【キムチ作り】

「これっていいことだよね!?　だよね!?」

声を弾ませながらトマトの花を指す絵里。

俺は「もちろん」と力強く頷いた。

「種を植えた時期から考えても順調に成長していることは間違いない。この調子で育てば二ヶ月後の十二月末には新鮮なトマトを収穫できるはずだ」

「トマトは健康にいいし、料理の彩りも鮮やかになる。総料理長としては一秒でも早く欲しいだろうな」

「やったぁー！」

「そーなの！　あー、楽しみ！」

絵里は嬉しそうにニコッと笑い、聞いたことのないトマトソングを歌いながら広場へ戻っていった。後ろ姿からも喜びが伝わってくる。

「さて……」

俺は水辺でしゃがんで手招きする。

のほほんと泳ぐ合鴨の夫婦が寄ってきた。

これは合鴨の習性――ではなく、そうするように躾けたものだ。

「お前達、このプランターを荒らすなよ？」

合鴨夫婦に改めて説明する。

既に何度となくプランターには近づかないよう教えてきた。

「「グァー！」」

合鴨夫婦は「分かってらぁ！」と言いたげな返事をする。

俺が「よし」と頷くと、湖の中央へすいすいと戻っていった。

「あいつらも順調そうで何よりだな」

仲睦まじい合鴨の夫婦を眺めていると頬が緩んだ。

◇

朝食時、亜里砂が言った。

「なぁ絵里ぃ、キムチが食べたい！　キムチ作ってぇ！」

「えー、キムチぃ？」

露骨に顔を歪めたのは愛菜だ。

「嫌いなのか？」と俺。

「味は物によって差が激しいからなんともだけど、臭いがきついじゃん。食べたら口臭もキムチっぽくなるし、空間にもキムチ臭が漂うでしょ。それが苦手なんだよね」

「イワシの時は大変でしたものね」

ニヤニヤとこちらを見るソフィア。

俺は苦笑いで目を逸らした。

「イワシはともかくキムチは言うほど臭うか？」

「だよなー！　火影はよく分かってる！」

亜里砂は満足気に頷いた。

男性陣も俺や亜里砂と同意見のようだ。

しかし、女性陣は違っていた。

「言うほどだと思うよ」

花梨のこの発言をきっかけに、愛菜に対する賛成票が続出する。

最終的に、亜里砂以外の女子は「臭いがちょっと……」という意見で固まった。

「そんなに臭わないって、へーきへーき！」

亜里砂は意見を曲げず、キムチが食べたいと喚きまくる。

「じゃあ……作ってみる？」

絵里が折れた。

愛菜を筆頭に、亜里砂以外の女子は「えー」と不満そう。

「やったね！　流石は絵里！　分かってるぅ！」

「今日は休みだし、キムチ作りに挑戦してみたい気持ちはあるんだよね。だからちょうどいいかなって」

「だろぉ！」

「でも私、キムチの作り方とか知らないよ」

「大丈夫大丈夫！」

軽く言い放つ亜里砂。どうやら作り方を知っているらしい。

「火影に教えてもらえばいいじゃん！」

「俺任せかよ！」

「そうだよ！　困った時の火影様ってね。ニッシッシ」

「やれやれ」

絵里は「いやいや」と笑った。

「これはサバイバルとは違うし、流石に火影君も分からな――」

「分かるよ」

「えっ」

「キムチの作り方だろ？　分かるよ」

皆が「おおー」と感嘆した。

「流石ですわ、篠宮様」

「すごいです！　篠宮さん！」

ソフィアと陽奈子が同時に言った。

「ほらなー？　火影が教えてくれるから問題ないだろー？」

何故かドヤ顔の亜里砂。

「ねぇ火影君、ここにある材料でキムチを作ることってできる？」

絵里は「無理だよね」と苦笑い。

「たしかに厳し――」と言ったところで、俺は悪いことを閃いてしまった。

何食わぬ顔でセリフを変える。

「厳しい……が、大丈夫だ。無理ではない」

「うっそぉ!?　できるんだ？」

「できるにはできるけど、愛菜の言っていた通り、キムチは味の幅が広いんだ。全員が満足するようなキムチを作るのは困難だろう。それに、亜里砂以外の女子はキムチを嫌がっている。今回は亜里砂用のキムチだけ作るべきだと思う」

「その方が助かりますわ」

いの一番に同意するソフィア。

他の女性陣も頷いた。

「亜里砂様専用のキムチか！　いいじゃん、いいじゃん！　それいいじゃん！」

亜里砂はノリノリだ。

「最初に味の方向性について確認しておこう」

「味の方向性って？」と絵里。

「ひとえにキムチといっても、大きく二種類に分かれているんだ。日本人に人気があるのは日本系のキムチで、これは辛さが控えめで甘みが強い。甘いといっても砂糖のような甘さじゃなくて、まろやかかって意味に近いかな。それに対し、外国系のキムチは辛くて酸っぱいのが一般的だ。どちらが好みかは人によって異なる」

「あたしは甘い方が好きだなぁ」と愛菜。

「俺も日本系のキムチが好きだ。水をガバガバ飲まなくて済むし、何より日本人の舌に合わせているので食べやすい」

一方、亜里砂は首を横に振った。

「キムチは辛くてなんぼでしょ！　辛いのこそ正義！」

俺は顔を背け、密かに悪い笑みを浮かべた。亜里砂のセリフが予想通りだったからだ。

彼女は常日頃から辛い料理が好きだと公言している。絵里の料理に対しても、「もう少し辛いと最高」と評することが多かった。

「亜里砂ならきっとそう言うと思ったよ。幸いにも今ある材料で作れるのは辛いキムチだ。ただ、酸っぱさは控えめで辛さが強くなると思う。それでもいいか？」

「よっしゃー！　それでいいよ！　辛いの大好きだし！　どんとこい！」

「それはよかった」

必死に笑いをこらえる。

そんなわけで、今日は亜里砂の為に激辛キムチを作ることに決まった。

◇

朝食の後、早速キムチ作りに取りかかった。

俺と絵里しかいない広場にて、俺は一人で作業する。

キムチの製法は幅広い——が、俺が知っているのは簡単な方法だけだ。

まずは唐辛子とイワシ、それと適当な果物をすり潰す。すり鉢にぶち込み、木の棒でグリグリ、グリグリ。

ペースト状になったら、今度はそこにオリーブオイルを足して混ぜる。

これでベースとなるキムチ汁ができた。

あとはこの汁を適当な木箱に移し、好きな野菜を漬けて寝かせれば完成だ。

「火影君、これって……」

俺の作業を見ていた絵里が、「嘘でしょ」って顔をする。

俺は「そうだ」とニヤリ。

「キムチ作りに適した唐辛子がないのでウルピカを使わせてもらった」

「ひぃぃぃぃぃぃ！」

震え上がる絵里。

総料理長の彼女は知っていた。ウルピカという唐辛子の恐ろしさを。

ウルピカの辛さは尋常ではない。辛さを表すスコヴィル値は一般的なタバスコの十倍以上で、激辛を謳っている食品ですら可愛く思える程だ。

だから絵里は、ウルピカの扱いに細心の注意を払っていた。乾燥させて辛みを薄めるのは当然として、使用量も最小限に留めている。

そんなウルピカを、今回はふんだんに使った。それも乾燥させていない状態で。

「こいつぁぶっ飛ぶぜ」

「ぶっ飛ぶどころじゃ済まないよ！」

「仕方ないよな！　キムチには唐辛子が必要だし、亜里砂は辛いキムチを求めているんだから！　うん、これは仕方ない！」

「火影君って、エッチなことをする時以外でも鬼畜になるんだね」

「ヒッヒッヒ、亜里砂のたまげる顔が見たくてな」

禍々しい緑色の液体に浸されたそれは、キムチというより地獄への片道切符だ。

「さて、辛さは如何ほどかな」

試しにウルピカ汁を舐めることにした。小指の腹にちょこっとつけて、ペロリ。

「ゲホッ！」

思わず咽せる程に辛い。舌の感覚が麻痺し、全身から汗が噴き出した。

「なんという辛さ！　素晴らしい！　大満足だ！」

木箱に蓋をし、その上に重石を載せた。この状態で味が浸透するまで寝かせる。

「二週間くらい寝かせるのが一般的だけど、今回は一日でいいだろう。温度管理なんてできないし、早くしないと亜里砂が怒ってしまうからな」

「なんなら寝かせなくてもいいんじゃない？」

「それだとキムチじゃなくて激辛ソースの掛かった野菜だ」

「たしかに！」

アジトの隅に木箱を置いて、本日のキムチ作りは終了だ。

「こっちもちょうど一段落したし……」

絵里が後ろから抱きついてきた。

「今から、いい？」

耳元で囁かれる。吐息がかかってくすぐったい。

「久しぶりのお誘いだな」

「最近は忙しかったから。ねぇ、いいでしょ？」

「いいよ」

俺達は立ち上がり、アジトの奥へ移動する。

そして、人知れずセックスに耽るのだった。

【今日も攻め】

日が明けて、異世界生活九十八日目。

十月二十二日、火曜日の昼――。

「なぁ？　そろそろいいだろ？　いいだろぉ！」

亜里砂がキムチを食わせろとせっついてきた。昨日の夜も、今日の朝も、早く食べたいと訴えていた。

「そうだな、そろそろいいだろう」

俺はキムチの入った木箱を取り出す。

「米のお供じゃなくて、キムチだけで食うんだよな？」

「もち！　だって米ないじゃん！」

「だからキムチはまだ早いと思うんだが」

「つべこべいわずにさっさと開けろぉ！」

「はいよ」

重石を床に置き、木箱の蓋を開ける。

刺激的な香りと共に毒々しいキムチが姿を現した。

「うげぇ！　緑色じゃん！」

案の定、亜里砂は見た目に対して文句を言った。市販品みたいな赤いキムチを想像していたようだ。

「仕方ないだろ、此処にある唐辛子はウルピカなんだから。ウルピカも熟せば赤くなるが、食用として使うのは緑色の物なんだよ。ま、見てくれは目を瞑ってくれ。味は文句なしに辛いからさ」

「本当かぁ？　私、辛いのには強いよ。学校の近くに激辛で有名なカレー屋あるでしょ？　食べたら火を吹くって言われてるやつ。私、あそこのカレー食べたもん。もち最高レベルの辛さのやつね」

「美味しかったか？」

「辛かったけど美味しかったよ。どんなもんだい！」

「そうかそうか」

ニチャァとした笑みを浮かべる俺。

絵里は小さな声で「もー」と呆れていた。

「辛いのに強いみたいだし、このキムチも美味しくいただけるだろうよ」

「これで辛くなかったら承知しないからなぁ！」

「おうよ」

俺達が見守る中、亜里砂は左手で木箱を持つ。

そして、緑色の汁をたっぷり吸った野菜を箸でつまんだ。

「いただきまーす！」

亜里砂は何の躊躇もなくキムチを口に含んだ。

皆の顔が引きつっている。キムチを作った俺ですら血の気が引いた。

「んんんんんんんんんーーーーーーっ！」

唸る亜里砂。一瞬で顔が真っ赤になり、ポニーテールが逆立った。

その姿を見れば一目瞭然だ。

勝敗が、決した。

「えんげぇ！　んだぁごだぁ！」

何か意味不明なことを喚いている。

上手く話せておらず、何を言っているのか分からない。

「おいおい、どうした？　辛さに強いんじゃないのか？」

「んだど！　でんだぁっじょ！」

うーん、理解不能だ。

ただ、辛すぎて怒っていることはたしかだ。

流れを踏まえると「限度があるだろ！」とでも言っているのだろう。

「今ある材料でキムチを作ったらそうなるってこった」

口から火を吹く亜里砂を眺めながら、俺は高笑いする。

そんな俺に対して、絵里が「はぁ」と大きなため息をついた。

「本当はもっと辛さを抑える方法があったの。ウルピカを乾燥させて辛さを弱めるとか。火影君も知っていたのに、わざと激辛の状態で使ったんだよね。意地悪」

「火影、酷ッ」と花梨。

「篠宮さんにそんなお茶目な一面が！」

何故か目をキラキラさせる陽奈子。

「お茶目というか悪魔でしょ」と芽衣子。

「亜里砂殿、そのキムチはもう食べないのでござるか？　残すなら拙者が頂くでござるよ！」

なんと、田中が激辛キムチに挑むと言い出した。

皆に衝撃が走る。

「貴様、正気なのか？」

信じられないという表情の天音。

「今なら亜里砂殿との間接キスでござるからな！」

田中は、もがき苦しむ亜里砂から木箱と箸を奪った。

亜里砂はそれどころではない為、田中の暴挙に反応できない。

「間接キスって……田中君、そういうところだよ、本当に」

絵里が呆れ果てるも、田中にはノーダメージだ。

「童貞の気持ちが分からぬ者の声などノイズ！　只のノイズでござる！」

「流石でやんす会長！」

「僕、田中さんに漢《おとこ》を見ました！　どうぞ！」

影山と吉岡田は大興奮で応援している。童貞だから気持ちが分かるようだ。

「ふっふっふ、見ているでござるよ！　拙者の間接キッス！」

田中はキムチを食べる――と思いきや、箸をペロペロ舐め始めた。目をカッと開き、舌を伸ばして、怒濤の勢いで舐め回している。

あまりのキモさに表情を歪めてドン引きする俺達。

彼を応援していた影山と吉岡田ですら口をあんぐりしている。

「おぞましいですわ……」

誰もが思ったことをソフィアが呟く。

それでも田中は、一心不乱になって箸を舐め続けた。ウケ狙いにしては滑っているし、そうでないなら同じ人類とは思いたくない愚行だ。狂気の沙汰とすら言える。

「辛くないでやんすか!?」

「余裕でござる！」

「そらそうだろ、箸には亜里砂の唾液しかついていなかったし」

そう、彼はキムチの辛さには触れていないのだ。

「ちょっと無理。あまりにもキモすぎるから追放しない？　一週間くらい」

愛菜が真顔で言った。本気だ。

「永久追放でも問題ございませんわ」とソフィア。

他の女性陣も賛同している。

「まずいでやんすよ会長！　本当に追放されてしまうでやんす！」

「キムチを食べて男気を見せてやってください！　どうぞ！」

こうなると引くに引けない。

田中は「ぐっ……」と怯むも、「いいでござろう！」と吹っ切れた。

「今までのはいわば前哨戦。見ているでござるよ、女子共《おなご》！」

次の瞬間、田中は顔の上で木箱をひっくり返した。

そして、降ってくるキムチを余すことなく口に含んだ。辛さに絶対的な自信を持っていた亜里砂が一口食べただけで沈んだ悪魔のキムチを、あろうことか頬がハムスターの如くパンパンになる量で食べやがった。当然、ウルピカＭＡＸのキムチ汁も彼の口の中だ。

ゴクリ、と田中の喉が鳴る。

「ふっふっふ！　秘技『丸呑み』でござる！　いかに辛かろうと、噛まずに飲み込めば問題ないでござるよ！」

誇らしげに笑う田中。

しかし、その数秒後――。

「あらら ぁ？　なんだか……おかしいで……ござ……」

田中は失神した。全身から汗が噴き出ている。瞼を開けると白目を剥いていた。

「浅はか」と、天音がばっさり。

「同じ男として情けないでマッスル」

唯一まともなマッスル高橋も呆れている。

「ただの変態でしたわね……」

「童貞を拗らせるとあんな風になるんだ……。なんだかんだでちゃんと食べたし、憐れだから追放しなくていいよ」

辛うじて追放を免れるも、田中の評価は大きく下がった。

◇

午後はイワシ漁を行うことにした。

キムチ作りで消費、いや、浪費したからだ。

備蓄はまだまだあるけれど、無駄に使ったので補充しておく。

「悪いな、付き合わせてしまって」

「気にしないで、私もやってみたかったから」

今回は詩織と二人で漁船に乗っていた。

俺がオールを漕ぐ係で、彼女がたも網ですくい上げる係だ。

「お、いたいた」

前回と同じ場所でイワシの群れを発見。

マストを畳んで船を停める。

「この辺でいいかな？　詩織、たも網でイワシを――って、何してんだ⁉」

詩織はいつの間にか素っ裸になっていた。少し前まで服を着ていたのに。

「船の上でしてみたかったんだよね」

さも当然のように全裸で寝そべる詩織。陰部をこちらに向け、堂々と誘惑してくる。

「おいおい、やってみたかったってそっちのことかよ」

「違うよ。やってみたいのはイワシ漁のこと。でも、船の上でセックスしたかったっていうのも本当。イワシを捕まえた後でヤッたらイワシの鮮度が落ちちゃうでしょ？　それに船がイワシ臭くなってテンションが下がるし」

「それもそうだな」

ということで、俺も服を脱ぐ。彼女のお誘いを承諾することにした。

「詩織って二人きりだと積極的になるよな」

話しながら前戯を始める。体を重ね、彼女の耳や首筋を舐めていく。

詩織は俺に抱きつきながら、小さな声で喘いだ。

「実は人見知りなんだよね、私」

「カリスマ美容師のくせに何を仰るのやら」

「本当だって、あっ、そこぉ、いい……」

ゆっくり下がっていった舌が乳首に到着。

舌の上で転がした後、下から上に向かってペロリと舐める。

「あぁん、いぃ……！」

体をもぞもぞさせる詩織。乳首が勃起してきた。

しばらく乳首を堪能した後、再び唇を重ねる。

半開きの口から出ている彼女の舌に吸い付き、俺の口内で舌を絡めた。

「火影君はどっちの私がいい？　今みたいな私か、皆といる時の私」

「どっちでもいいよ。詩織は詩織だろ」

「卑怯な答え方ね」

詩織は俺の後頭部を鷲掴みにすると、負けじとばかりに舌を絡めてきた。今度は俺の舌が彼女の口内へ引っ張られる。蛸足のように吸い付く彼女の舌にやられて、股間のジュニアがあっさり大きくなった。

それだけでは飽き足らないようで、詩織は互いの位置をチェンジさせた。俺が仰向けになり、彼女が跨がる。そそり立つペニスは、にゅるりと膣に飲み込まれた。

「今日は積極的な私。でも、今度セックスする時は静かで消極的な私」

俺の胸を両手で撫でながら、詩織は妖艶な笑みを浮かべる。

「静かな詩織だとどうなるんだ？」

「んー、ドＭになるとか？　その時は滅茶苦茶に犯していいよ」

「滅茶苦茶に犯す……」

脳内で詩織のことを犯してみた。四つん這いにさせて、手を後ろで組ませ、後ろからペニスを突き立てる。何度も、何度も、何度も、激しく子宮を突く。彼女は最初こそ激しく喘ぐが、最終的には果てて声が出なくなる。それでも俺は止めない。延々と腰を振り続ける。そう、延々と……。

そんな姿を妄想すると、実際に試したくなった。

「俺的には滅茶苦茶に犯すほうがそそられるなぁ」

「今日はダメ」

「いいや、ダメじゃない」

もはや我慢できなかった。

騎乗位を中断して、詩織を四つん這いにさせる。

「今日は私が攻めだって」

「その時間は終わった。攻守交代だ。ここからは俺が攻めなんだよ。詩織はされる側だ」

詩織の背中に手を当て、上半身を床に押しつけた。後ろで手を組ませて、尻を突き上げさせる。その姿は最高にエロくてそそられた。

「やっぱりこれだな」

交差する詩織の両手首を左手で押さえ、後ろからペニスを挿入する。

「優しくお願い……」

「分かっているさ」

そう答えるだけで、優しくするつもりはなかった。ここで優しくするのは愚の骨頂だ。

詩織の本音は「激しくお願い」であり、それが分かっているから乱暴にする。

初っ端から激しく子宮を突いた。妄想を現実にしていく。

「あああああああああああああああああっ！」

大海原に詩織の喘ぎ声が響く。

「どうだ！　後ろからガンガンに犯されている気分は！」

「いいぃ！　深いところ！　いいぃ！　いぐぅ！　もっとぉ！」

「犯されてるくせに感じてるんじゃねぇ！」

「ああああっ！　ごめんなさい！　いぐぅぅううう！」

猿でも腰を抜かすような激しいセックスを繰り広げる。

俺も詩織も馬鹿になっていた。

（流石に妄想と同じだけの持久力はないか）

詩織が壊れて静かになるよりも先に、ペニスが限界を訴えてきた。

「中に出すぞ！　分かったか！」

「うん！　出して、出してぇ！」

ひたすら後ろから突き続け、そのままフィニッシュへ向かう。

思いっきり腰を打ち付け、勢い余って寝バックの体勢になったところで射精した。

詩織の中に精液が広がっていく。この感触がたまらない。中出しでしか味わえないものだ。

「ふぅ」

膣からペニスを抜いて、詩織の横で仰向けに寝そべる。

「火影君……今日の……今までで一番……良かった……」

詩織はうつ伏せのままプルプル震えていた。膣から精液が溢れ出している。

「船を汚すのは他の人の迷惑になるから御法度だ」

膣からこぼれる精液を指ですくい、詩織の口へ近づける。

「分かってるよな？」

彼女は小さな声で「はい」と答え、俺の指をしゃぶる。

漁の前に休憩したかったので、しばらくの間、そうやって精液を舐めさせた。

結局、俺達がイワシ漁に取りかかったのは、一時間以上も後のことだった。

【祭りの準備】

笹崎チームが洞窟群を放棄したのは約一ヶ月半前のこと。

それから今に至るまでの間に、彼のチームは著しく弱体化していた。

新たな問題に直面したからだ。

洞窟が狭すぎた。命からがら逃げおおせた北東の洞窟は、全員を収容するだけの余裕がなかった。どれだけ押し込んでも一〇人前後が関の山だ。

メンバーの大半が洞窟の外で寝ることになった。白夜時代のように女を好き放題できない上にこの始末。連中のストレスは限界に達していた。

そこへ裏工作を行う者が現れた。

――皇城零斗だ。

彼は笹崎チームのメンバーを引き抜こうと考えた。誘い文句はこうだ。

「俺達の拠点なら寝床に困ることはない。それに女子も多い。強姦は禁止しているが、恋愛を禁止しているわけではない。女とヤりたければそういう関係を構築すればいい」

零斗の作戦は成功した。笹崎に対する忠誠心など欠片もないのだから当然だ。失敗するはずがなかった。

そしてある日、零斗の指示に従って一〇人のメンバーが一斉に脱退を宣言。それを見た数人も続いた。笹崎チームのメンバー数は約三〇人にまで減っていたので、一瞬にして半数近くが抜けたことになる。

しかし、状況を考えれば脱退者の数は少ないと言えるだろう。全員が脱退してもおかしくなかったし、零斗もそうなることを狙っていた。

この程度で済んだのは、笹崎が苦し紛れに出した対策が効いたからだ。

階級精度の廃止と当番制の導入である。

当番制の対象になるのは女子とのセックスだ。今までは笹崎や幹部連中だけが女子を独占していたが、今後は平等になる。必ずセックスできるということで、多くの男子が残留を選んだ。

この当番制は女子にも受け入れられた。否、受け入れるしかなかった。

脱退しなかった二人の女子は、笹崎の「零斗は俺達を殺す気に違いない」という言葉を信じ込んでいたのだ。疲労、栄養失調、零斗の襲撃……様々な要因が重なったことで、彼女らは考える力を失っていた。

かくして笹崎チームは崩壊を免れた――が、以前のような勢いはない。

もはや零斗と争うだけの力は残されていなかった。

一方、零斗チームは順調に立て直していた。

こちらでも階級制度が廃止され、当番制が導入されることになった。といっても、具体的な内容は笹崎チームと大きく異なる。

当番制になるのは食料の調達だ。言い換えるなら労働環境の平等化である。これまでは階級の低い者を酷使していた。

この制度変更によって、一部に集中していた負担が分散され、チームの健康状態が改善された。今では笹崎チームから引き抜いた者を含む全員が健康体だ。相変わらず文明は発展していないものの、これまでで最も安定していることは間違いなかった。

零斗チームの課題は環境に適応していくこと。

特に火を熾す技術の習得と食料調達の安定化は急務だ。いつまでもライターに頼ってはいられないし、食料を求めて森の中を彷徨うのにも限界がある。落ちぶれた笹崎チームにかまけている時間などなかった。

だから零斗は、抗争の終了を宣言した。


「――以上だ」

天音が夕食後の報告を終える。

「もう偵察しなくても大丈夫そうだね」

愛菜が食器を片付けていく。

大半が彼女の言葉に頷いたが、俺と天音は違っていた。

「こうして作業に集中できるのは天音や影山が偵察しているからだ。相手側の動きを捕捉していなければ、水車小屋の建築だって躊躇ったさ」

「そういうものかなぁ」

愛菜はあまり納得していない様子。

彼女だけではない。他のメンバーも同様だ。

「気持ちは分かるよ。これっぽっちも脅威を感じないからな。それほど警戒しなくていいのはたしかだ」

「でしょー。しかも、零斗や笹崎がこっちに来そうな素振りもないんだよね？　だったらもう偵察しなくていいんじゃない？　その分、他の作業に回せる人手が増えるわけだし」

亜里砂が「そーだ、そーだ」と同意する。

「効率だけを考えればそのほうがいいとは思うよ。慢性的な人手不足なわけだからな」

「効率以上に大事なものがあるってこと？」

「保険だよ」

「どういうこと？」

「言うなれば消防士みたいなものだ。消防士だって基本的には待機しているだろ。だからといって、『火災なんて滅多に起きないんだから消防士は不要！』とはならないよな？　それと同じことなんだよ、偵察は」

「あー、なるほど、そういうことね」

理解してくれたようだ。

亜里砂も「あーね」と納得している。

「そんなわけだから今後も偵察任務は続けるとして、次の話題だ」

俺はニィと白い歯を見せて笑った。

「明日でこの世界に来て一〇〇日目となる」

「もうそんなに経つのね」と芽衣子。

「最初は火影のことを忍者って呼んでたっけかぁ！」

「拙者は絵里殿にこっぴどく振られたでござるなぁ」

「僕は火を熾すのに苦労したでやんす」

皆が過去を振り返ってしみじみしている。

落ち着くのを待ってから、俺は続きを話した。

「せっかくだから明日は祭りでもしようと思うのだが、どうだろう？」

「「「祭り!?」」」

「日頃の努力が奏功して備蓄は十分にある。だから明日は午前中だけ作業して、午後は祭りの準備をしよう。夜になったら砂辺にかがり火をこしらえてさ、漫画でよくある骨の付いたゴツい肉を食って騒ごうぜ！」

「「「うおおおおおおお！」」」

「あと、俺にはこういう時に備えた〈隠し球〉があるんだ」

「隠し球って!?」

愛菜が食いつく。

「それは内緒だが……女性陣は絶対に感動するぜ。味は微妙かもしれんが」

「味ってことは料理なんだ!?」

今度は絵里が反応した。

あまり喋りすぎるとボロが出そうだ。

「おっと、これ以上は何も言わないぞ」

話を打ち切り、「そんなわけで」とまとめた。

「満場一致で賛成のようだし、明日の午後は祭りの準備だ。細かいことは任せるから、各々の判断で動いてくれ」

「魚はこの亜里砂様に任せな！　釣って釣って釣りまくってやるぜぇ！」

「その意気だ。皆、明日は今日以上に盛り上がろう！」

「「「おー！」」」

◇

次の日。

異世界の無人島生活一〇〇日目――。

滞りなく午前の作業を終えた俺達は、祭りの準備に取りかかった。

「ご指名ありがとうでやんす！　篠宮さん！」

「女子を驚かす物を作る以上、女子には頼れないからな……」

「またまたぁ！　そう言いながら本当は僕をご所望だったでやんすね!?」

「いや、本当は高橋が良かったんだが、絵里に獲られてしまった」

「ガビーン！」

今回は影山と二人で作業をしている。別に一人でも問題なかったが、手間が掛かるので助手が欲しかった。

「気をつけろよ、その皮すげー硬いから」

「絵里さんや会長にできることでやんすよ？　僕だってできるでやんす！」

俺達は青銅の鉈を振り回していた。ココナッツの皮を剥く為に。

この皮はとても硬くて、皮というより殻である。リンゴのように容易くない。

「ぐぬぬぬ……こんなはずでは……おかしいでやんす……」

案の定、影山は苦戦していた。

「田中にするべきだったかな、影山じゃなくて」

ココナッツの皮をすらすら剥ける者は四人しかいない。

俺と絵里、それに田中と天音だ。

田中は絵里の助手でよく剥いているし、天音には天下無敵の手刀がある。

「僕だって男でやんす！　負けないでやんすよ！」

影山は俺の見様見真似で頑張っていた。初めてこの作業に臨んだ時の田中を彷彿させる。本当なら気長に応援してやりたいが、今回はそうもいかない。

「作業を分担しよう。皮は俺が剥くから、影山は次の作業を頼む」

「申し訳ないでやんす」

皮を剥いた後の作業は誰でもできる。真っ白な果肉を綺麗に洗ってすり潰すだけだ。

「影山も最初の頃に比べてチームに馴染んできたよな」

作業をしながら話す。

「そうでやんすか？」

「いつの間にか俺達に対する敬称が『殿』から『さん』に変わっているからな」

「気づいていたでやんすか！　しばらく前から変えているのに誰も指摘してくれないので、てっきり気づかれていないのかと思っていたでやんす！」

「そんなわけないだろ、気づくに決まっている」

否、そんなわけあった。俺はてっきり今しがた敬称を変えたと思っていたのだ。影山の口ぶりからすると、少なくとも数日前には変わっていたらしい。こんなところでも彼の影の薄さが発揮されていた。

「できたでやんす！」

影山がすり鉢の中を見せてくる。果肉は物の見事に潰されていた。

ココナッツの甘い香りがアジトに漂っている。

「よし、いい感じだ」

すり潰した果肉を土器バケツに移す。

その後も同様の作業を続け、結構な量がバケツに溜まった。

「あとはこの果肉に対して、人肌に近いお湯を混ぜて――」

作業中に冷めることを考慮して、お湯はやや熱めにしておく。実際の温度は分からないが、体感だと四〇度から五〇度といったところ。

「最後に圧搾すればココナッツミルクの完成だ」

「圧搾は僕に任せてくださいでやんす！　分かるでやんす！」

「元よりそのつもりだ。俺は別の物を調達しにいかないといけないからな」

ココナッツミルクは既に何度も作っていた。だから、これをそのまま振る舞ったところで女子は驚かない。

わざわざ「隠し球」と言った以上、さらに手を加える必要があった。

「別の物って何でやんす？」

「ユカ芋って食材だ。キャッサバともいう」

「分からないでやんす……」

「だろうな」

多くの人はユカ芋やキャッサバというワードに聞き覚えがないだろう。

「ま、すぐに分かるさ」

そう言ってその場を後にした。

今までにユカ芋が振る舞われたことは一度もない。適切に下処理しないと毒があるので、念の為に避けていた。絵里にも教えていない。

このユカ芋もといキャッサバが、加工することで女子の好物に変貌する。

その好物とは――ＳＮＳでもお馴染みのタピオカだ！

【タピオカ】

キャッサバもといユカ芋の群生地にやってきた。ソフィアと葛の根を採取した場所のすぐ近くに位置している。

「さて……」

目の前にキャッサバの葉が生い茂っている。細長い形状が特徴的な緑色の葉だ。

「どうやって抜こうかな」

竹の籠を地面に置いて考える。

キャッサバの長さは約二メートル。これは葉から塊根までの長さであり、見えている部分だけだとその半分くらいだ。

それでも一メートル程ある。そのまま引き抜こうとすれば、葉が体に当たって鬱陶しい。

「丁寧にやっていくか」

まずは邪魔な部分を取り除くべきと判断し、茎をへし折ることにした。

見た目に反してポキッと簡単に折れる。

この状態で抜けるか試してみよう。厳しいようなら掘り返せばいい。

「せーの！」

茎を握り、地中に根付いたユカ芋を抜きにかかる。

最初は抵抗されたが、最終的には俺の力が勝った。

細長い塊根がもりもり出てくる。お待ちかねのユカ芋だ。

タピオカ作りで使用するのはこの芋なわけだが、あいにく芋の部分に毒がある。

「戻ったら除毒しないとな」

手に入れたユカ芋を竹の籠に放り込む。

「やっぱり蚊がいないと快適だなぁ」

森の中で作業する度に思う。生命を脅かす害虫がいないのはありがたい。

「資源も豊富だし、本当にいい島だ」

日本に戻ってもこういう島でサバイバル生活を送りたいものだ。これほど快適な島が地球上に存在するとは思えないが。

「よし、帰るか」

独り言を呟いている間に作業が終わった。

◇

ユカ芋をタピオカに加工する方法は簡単だ。

しかし、通常の方法では完成までに数日を要する。そんな余裕がない為、今回は独自のショートカットコースで行うことにした。

まずはユカ芋の除毒だ。

毒の多くが表面の皮に集中している為、皮を分厚めに剥く。勿体ないと感じる程度でちょうどいい。

皮を剥き終えたら茹でる。「こんなに茹でて大丈夫か？」と思えるくらい茹でたら、今度は冷たい水に浸ける。これを何度か繰り返せば除毒完了だ。今回は安全面を重視して細かくカットした状態で除毒作業を行った。

準備ができたので、タピオカの素となる〈キャッサバ粉〉を作っていこう。

芋から粉を作るということで、基本的な作り方は葛粉の時と同じだ。芋を砕き、それを水の中で漉《こ》し、澱粉《でんぷん》が沈殿したら上澄みを捨て、綺麗な水を補充して混ぜる。何度か繰り返した後、沈殿物を乾燥させればキャッサバ粉の完成だ。

「ココナッツミルクが完成したでやんすー！」

影山が報告に来る。

彼の持っている土器バケツにはココナッツミルクが溜まっていた。いい仕上がりだ。

「ありがとう、冷やしておいてくれ」

「冷蔵エリアに運んでおくでやんす！」

影山は慎重な足取りでアジトの奥へ向かった。

「あとは乾燥させるだけだが……」

問題はここからだ。

このまま乾燥するまで待っていると今日が終わってしまう。

当然ながら祭りには間に合わないわけで、俺はこう言う羽目になる。

「隠し球があると言ったな？　あれは嘘だ」

そんなことは口が裂けても言えないし、言うつもりもなかった。

そこで俺は、乾燥させないで作業を進めることにした。キャッサバ粉ではなくキャッサバ液からタピオカを作ろう、という考えだ。これが独自のショートカットコース、またの名をアドリブという。

作業を始める前に、キャッサバ粉からタピオカを作る方法について振り返ってみた。

正規の作り方の場合、まずはキャッサバ粉とお湯を混ぜてペースト状にする。

このペーストから任意の量を手に取り、丸めたら約二十分茹でる。

茹で終わったら水で締めて完成だ。

「これを独自にアレンジするなら……」

キャッサバ粉とお湯を混ぜる工程はいらないだろう。今回使うのはキャッサバ粉ではなくキャッサバ液だから。お湯を混ぜたら水分過多になりかねない。

そんなわけで、半乾きもいいところのネバネバしたキャッサバ液を丸めていく。なかなかどうして苦戦したけれど、不格好ながら形になった。

丸めたキャッサバ液を茹でる。

これで上手くできるかは分からない。キャッサバ液だけでなくタピオカを作ること自体、今回が初めてなのだ。完全なぶっつけ本番である。

「今の内に失敗した時の言い訳を考えておかないとな」

目の前の土器バケツがグツグツ煮え滾《たぎ》る中、俺の肝っ玉はヒエヒエだった。

一分、二分、三分……緊張感に満ちた時間が過ぎていく。

ごくりと唾を飲み込み、熱湯の中でふわふわする無数のボールを眺める。

最後まで形状を保ってくれ、と強く願った。

「もういいだろう」

棒立ちすること二十分、俺は動き出した。

ざるを使ってキャッサバボールをすくい上げ、冷水の入った土器バケツにぶち込む。

「さぁ、どうだ!?」

心臓をバックンバックン鳴らしながら、恐る恐る確認。

その結果――。

「できたぁあああああああああ！」

無事に完成していた。

見た目は完全に現代のタピオカそのものだ。やや型崩れしているが問題ない。

試しに一口食べてみたところ、思っていた通りの味だった。

それは、つまり……。

「なんの味もしねぇ！」

無味無臭と言っても過言ではない。だが、これでいい。

日本でもタピオカ自体には味が付いておらず、砂糖水に浸して表面を甘くしている。

とはいえ、タピオカの甘みなど所詮はオマケ。コイツに求められているのは、可愛らしい見た目と食感である。なので、このクオリティで何ら問題なかった。

「時間が押しているな」

いつの間にか外が暗くなっていた。時刻は十八時過ぎといったところか。

「影山！　いるかー？　影山ー！」

近くに影山がいる可能性を信じて叫ぶ。釣りをしながら俺のことを呼んでいた亜里砂の気持ちが分かった。

「この影山薄明《はくめい》をお呼びでやんすか!?」

影山がやってきた。アジトの奥から来るかと思いきや、なんと外からの登場だ。どうやら猛ダッシュで来たらしく、呼吸が乱れていた。

「準備ができたからココナッツミルクを取りに行くぞ！」

「了解でやんす！　ところで篠宮さん、それはタピオカでやんすか!?」

「そうでやんすよ！」

興奮のあまり影山の口調が感染《うつ》ってしまう。

「まさかタピオカまで作るとは！　凄いでやんす！」

「ふっふっふ、女性陣の驚く顔が目に浮かぶぜ！　今日の主役は俺達のタピオカココナッツミルクで決まりだ！」

「楽しみでやんす！」

俺達はリズミカルな足取りで冷蔵エリアに向かうのだった。

【異世界生活一〇〇日記念祭】

夜、海辺にて——。

等間隔に立てられたかがり火の輪の中、搾りたての果汁一〇〇パーセントジュースを片手に盛り上がる。

いつもは静かで肌寒い夜の海辺が、今日は明るさと暖かさに満ちていた。

異世界生活一〇〇日記念祭だ。

「これだけのかがり火をよく用意できたな」

「天音と共に頑張りましたわ」

ソフィアが「ね？」と天音を見る。

「お嬢様の為とあらば、このくらい容易いものです」

天音は誇らしげな顔で言った。

かがり火を用意したのはこの二人だ。一つ作るだけでも手間がかかるのに、二十個近い数を用意していた。

「おーい、私のことも褒めてくれー！」

亜里砂はいつもの如く大量の魚を釣ってきた。今はそれを片っ端から焼いている。この世界に来た当初を思い出す串焼きスタイルだ。たっぷり塩をまぶしているので、あの頃とは美味しさの桁が違っていた。

「ウッキキィ！」

「ウキィーキッキィ！」

猿軍団も魚の串焼きを堪能している。彼らの魚には、健康に配慮して塩を使っていない。

「一人でこれだけの魚を釣るとは流石だな、亜里砂」

「だろぉー！」

「だが、今日の主役は魚ではなく肉だ」

「くぅ！　否定できない！」

俺と亜里砂の視線が絵里に向く。

「お待たせー！　お肉が焼けたよー！」

そこには漫画でよく見る大きな骨付き肉があった。イノシシの肉だ。

肉は物干し台ならぬ肉焼き台に設置され、グルグル回されて全面を焼かれている。ポタポタと滴る肉汁が炎によって煙と化し、周囲には香ばしい匂いが立ちこめていた。

「マジで漫画みたいな見た目だな」

「そうなるように頑張ったの」

胸を張る絵里。

彼女と花梨は協力してイノシシを捕獲し、マッスル高橋がそれを運んだ。

「熱いから気をつけてね」

「サンキュー」

絵里から骨付き肉を受け取り、直ちにかぶりつく。弾力満点の歯ごたえと共に、口の中いっぱいに肉汁が広がった。

「味はどう？　ブラックペッパーを惜しみなく使ってみたけど……」

「一口目は文句なしに最高だ」

「じゃあ、二口目以降は？」

「正直に言うと、いつもの薄くスライスした肉の方が美味い！」

「だよねー！　私もそう思ったもん！」と、絵里は笑った。

その頃、愛菜は――。

「ジュースのおかわりまだあるよー！　って、ないじゃん！」

空の土器バケツを見て愕然としていた。少し前まで、そこには彼女の作ったジュースが入っていたのだ。

「愛菜の手作りジュースは最上級のご褒美だからな、猿軍団からすると」

そう、ジュースを飲み干したのは猿達だ。

俺達はコップ一・二杯分しか飲んでいなかった。

「篠宮君と影山も飲み物を作ったみたいだから大丈夫じゃない？」

芽衣子が俺達の持ってきた土器バケツに目を向ける。蓋がしてあるので、皆はまだ中身を知らなかった。

「ふっふっふ、ついに真打ち登場でやんすよ！」

影山がドヤ顔を浮かべる。

「見せてやるぜ、俺と影山で用意した隠し球！」

俺はノリノリで蓋を開けた。

「どうだ！　これが隠し球の正体――タピオカココナッツミルクだ！」

土器の蓋が開けられ、ドンッ、と純白の液体が姿を現す。

「「タピオカだって!?」」

案の定、女性陣が一斉に食いついた。

驚いたことに天音まで反応している。

「え、待って、本当にタピオカ!?」

大きく開いた目を俺に向ける愛菜。

「正真正銘、本当にタピオカだぜ」

自作のお玉でココナッツミルクをすくい、木のコップに注ぐ。もちろんジュースを入れるのに使った物とは別のコップだ。

「最初に飲みたい人は？」

全員が手を挙げる。女性陣の目は一様にギラついていた。

「最初は私が飲もう」

などと言い出したのは天音だ。

「毒味してくれるわけだな」

「そういうことだ」

「毒味ってなんだよー！」と笑う亜里砂。

「タピオカの素であるキャッサバには毒があるんだよ」

「うげぇ、マジ!?」

「もちろん毒抜きはしてあるが、天音に毒味してもらえるならありがたい」

天音は特殊な訓練によって毒に耐性があり、無味無臭の毒ですら口に含めば気づく。

「それでは毒味するとしよう」

「毒味の割にはえらく嬉しそうじゃねぇかよぉ！　本当はただ飲みたいだけだろぉ！」

ケケケ、と茶化す亜里砂。

天音は少し顔を赤くしながら、「黙れ」と一蹴した。

「あの天音が恥ずかしがってる!?」

「恥ずかしいって感情を持ち合わせていたんだ」

皆が驚く中、天音は一足先にココナッツミルクを飲んだ。

「美味しい……！」

それが彼女の感想だった。

俺達はニヤニヤしながら天音を見る。

「美味しいじゃなくて毒の有無だろぉ？」

またしてもからかう亜里砂。

天音の顔が先程よりも赤くなった。

「毒はない、セーフだ」

天音はコップを俺に押しつけ、アジトへ逃げていく。コップの中は空だった。

「あんな天音、今まで見たことがありませんわ」

ソフィアがクスクス笑う。

「よほど恥ずかしかったのだろうな」

俺は新たなコップにココナッツミルクを注いだ。

「お姉ちゃん、タピオカだよ！　タピオカ！」

陽奈子はぴょんぴょん跳ねながら芽衣子を見る。

芽衣子は「楽しみね」と微笑んだ。

「芽衣子と陽奈子もタピオカに興奮するんだな」

愛菜のグループが食いつくのは分かる。どう見てもＳＮＳで写真をアップしまくるタイプだから。しかし、まさか朝倉姉妹も興奮するとは。

「私達だって女子だからね。タピオカ目当てに並ぶことだってあるよ」

「意外だな」

全員にココナッツミルクを配り終えた。

「残念ながらおかわりはないから、その一杯を大事に飲んでくれ」

「これで入れ物が透明のプラカップだったら最高だったのになぁ！」

木のコップを眺めながら呟く亜里砂。

「こっちのほうがいいだろ。漆器だぜ？」

これに対して、女性陣は「分かってないなぁ」と呆れた。上質な漆器のコップより透明のプラカップのほうがいいらしい。

どうしてなのか、俺にはさっぱり分からなかった。

「なぁ田中、なんでプラカップのほうがいいか分かるか？」

「さぁ？　分からぬでござる」

田中も分からないようだ。訊く相手が悪かったか。

「あのね、火影、私達はタピオカココナッツミルクの味に惹かれているわけじゃないの」

女子を代表して花梨が言う。

「たしかにタピオカの食感は好きだし、ココナッツミルクの味も好きだよ。でも、何より気に入っているのは写真を撮ること。プラカップを手で持って、印字されたお店のロゴを正面に向けて写真を撮る。それがメインの楽しみ方で、その次に味があるのよ」

「じゃあ、味はどうでもいいのか？」

「そうは言わないよ。ただ、それ以上に写真を撮るのが大事ってこと。プラカップだったら正面から撮影できて中のタピオカがよく分かるけど、木のコップだと上からの撮影になって見えにくいでしょ？」

「つまり、プラカップだと味と写真で二倍楽しめるわけだな。それが木のコップだったら味しか楽しめない、と」

ある程度は理解した。そこまで写真にこだわる理由は分からないけれど、それが彼女らにとって重要であるということは分かった。

「そういうことなら、少しだけ飲まずに待っていてくれ」

俺は駆け足でアジトに向かった。

入口からチラチラと祭りを覗いている天音に「恥ずかしがってないで戻るぞ」と声をかけ、自分の鞄から目当てのサバイバルグッズを取り出す。

それを持って、天音と一緒に皆のもとへ戻った。

「これに入れたら問題解決だろ？」

女性陣が「わあああああああ！」と歓声を上げる。

そして、亜里砂がそれの名を叫んだ。

「プラカップじゃん！」

そう、俺はプラカップを持っていたのだ。しかも、一般的な店で使われているような安物とは違う。

生分解性プラスチックで作られた物なのだ。土に埋めると分解される仕様で、最終的には土に還る。自然に優しいサバイバルグッズだ。

「プラカップに入ったタピオカココナッツミルクとか最高じゃん！　写真撮ろうぜー、写真！

花梨、スマホスマホ！」

「いいけど私も撮りたいからさっさとしてよ。夜だから太陽光充電できないし」

「分かってるって！」

花梨からスマホを受け取り、亜里砂は撮影を始めた。ココナッツミルクオンリーの写真に加え、カップを持っている自撮りも欠かさない。

「花梨」

「私も」

「撮影したいんだけど」

「スマホ」

「貸してー」

他の女子も花梨に群がる。

揃いも揃って亜里砂と全く同じ構図で撮影していた。

「慣れてるなぁ」

控え目な芽衣子や陽奈子でさえ、撮影の手つきに淀みがない。左手にプラカップ、右手にスマホの二刀流を難なくこなしていた。

「カップに何も描いていないと寂しいね」

最後に撮影した愛菜の一言が、余計な騒ぎを引き起こす。

「「「それだ！」」」

女性陣はアジトから油性ペンを取ってきて、カップに落書きを始めた。ある者は絵を描き、またある者は謎のサインを書く。陽奈子は何故か俺の似顔絵を描いていた。

「花梨、もっかいスマホを貸してくりー！」

「仕方ないなぁ」

落書きが終わったら撮影のし直しだ。

再び亜里砂から順にカメラをカシャカシャしていった。

「タピオカのパワーやばすぎだろ」

「僕達、完全に忘れられているでやんす」

「虚しいでござる」

「マッスル……」

豪快に「きゃはは」と笑う女性陣とは正反対の野郎連中。

もはや俺達は完全に蚊帳の外で、口をポカーンとして眺めることしかできなかった。

愛菜を崇拝する猿軍団ですら「何やってんだこいつら」って顔をしている。

「すげー喜んでいるのはたしかだし、よしとするか」

その後も俺達は盛り上がった。ご馳走を堪能し、ゲラゲラ笑い、時間を忘れて心ゆくまで楽しんだ。

いつまでもそうしていたかったが、残念ながらそうもいかない。明日以降の体調に配慮して、ほどほどのところで宴を終えることにした。

最後は記念撮影だ。

「タイマーセット完了、いくよー」

花梨は手作りの三脚にスマホをセットし、画面をタップしてこちらに戻ってくる。

『撮影を開始します。三、二、一、はい、チーズ！』

スマホから機械音声が流れる。

それに合わせて、各々で適当なポーズを決めた。

カシャッ！

シャッター音が鳴り、活き活きした皆の姿が撮影される。

「どうかな？」

花梨が撮影内容を見せてきた。

肉眼で見る景色よりも明るくて鮮明だ。

ブレもないし完璧だったので、誰からも不満の声が上がらなかった。

「火影、写真でも変な顔にならなくなったんだね」

花梨が写真を見ながら笑っている。

「コツが分かったんでな」

「コツって？」

「内緒だ」

「どうせ撮影の瞬間にエロいことを考えるとかでしょ」

「ノ、ノーコメントだ！」

絶え間ない笑い声に包まれながら、異世界生活一〇〇日記念祭が幕を閉じた。

【自然の脅威】

最近の生活はあまりにも快適だった。

害虫はおらず、他所のチームも迫ってきていない。

食料は十分にあり、農業も順調に進んでいる。

さらに気候は穏やかで、荒れたとしても小雨が降る程度。

だから、祭りの翌日——一〇一日目は心の底から驚いた。

「おーおー、久々に大荒れだなぁ」

豪雨が島を襲ったのだ。夜明けと共に降り始め、次第に勢いが増していった。

雨が降れば作業はお休みだ。今日のような大雨は当然として、パラパラの小雨でも休む。

こんな時はアジトに引きこもって退屈な時間を過ごす。晴耕雨読という四字熟語が存在するけれど、今の俺達はまさにそんな感じだ。

もっとも、この場で読める本は教科書くらいだが。

そんな雨の日の昼過ぎ――。

俺達は広場で遊んでいた。

輪の形になって座り、詩織のトランプで〈ババ抜き〉をしている。

トランプは極上の娯楽だ。雨の日だけでなく、寝る前もこれで遊ぶことが多い。

「はい、上がりー!」

「また拙者の負けでござるか……」

「田中、よっえー!」

田中はいつも負けている。負けて、負けて、また負ける。

これには理由があった。

トランプが欠陥品なのだ。

「カードスリーブがあれば田中も勝てるようになるのだがな」

「スリーブって何さ?」と亜里砂。

「カードを入れるカバーだよ。そうすれば〈透視〉が使えなくなる」

皆はトランプの背面についた微かな傷から手を読んでいるのだ。

もちろん全てのカードを暗記しているわけではない。急所になりやすいカード——例えばジョーカーなどを把握している。よって、ひとたびジョーカーが田中に渡るともう離れない。

当然ながら田中もこのカラクリに気づいている。それに何より、彼自身も背面の傷からジョーカーを特定することができた。

それでも負けるのだ。

「ずるはダメでござるよ！　ずるは！」

「いやいや、問題はお前の方にあると思うぞ」

「拙者は公明正大の清廉潔白でござろう！」

「持ち方を変えれば防げるのに変えないのは只の馬鹿だ」

俺を含めて他の連中は、あの手この手で傷を隠す。他のカードと錯覚するよう角度を調整したり、手のひらや指を使って傷を覆ったり、隠し方は無数にある。

田中はこうしたテクニックを「ずる」と称して使わなかった。なので、ババ抜きになると負けることが多い。

「次は大富豪をやろうぜぇ！　ババ抜きは田中が弱すぎてつまらーん！」

「インチキで勝っているのに酷い言い草でござるなぁ！　亜里砂殿は！」

「何をぉ！」

ガヤガヤする田中と亜里砂。

そんな二人を見ていて、ふと思った。

「そういえば大富豪は初めてプレイするな。詳しいルールを知らないんだけど問題ないか？」

「基本的なことは分かるの？」と芽衣子。

「3が最弱で2が強い。同じ数字四枚で革命になって強さが逆転する。あと、ジョーカーはどんな時でも最強だし、他の数字の代わりとしても使える。こんなところか」

「それだけ分かっていれば十分。私もそのくらいしか分からないし」

「奇遇だな」

芽衣子が「そうね」と笑い、その隣にいる陽奈子が「むぅ」と唸った。

俺達がよく遊ぶのはババ抜きと神経衰弱、あとはテキサス・ホールデムというルールのポーカーだ。

最近はポーカーが多い。「ポーカーってなんだかカッコイイ感じがする」というふわふわした理由でブームになっていた。ちなみに、テキサス・ホールデムのルールはソフィアに教わった。

「大富豪でもいいけど、8切りとかいうつまんないローカルルールは無しね」

愛菜が言い放つ。

俺は大富豪のルールをよく知らないので、8切りが何か分からなかった。覚えるのが面倒なので、謎のルールは無いほうがいい。

そう思って、「なら8切りは無しで」と返したのだが、これは大失敗だった。

「はぁ!?　8切りが無しぃ？」

亜里砂が不満を露わにしたのだ。

「8切りは公式ルールだっての！　無いと大富豪にならないでしょーが！」

「ならスペ3返しも有りでいいね」

「なんだそれ聞いたことねー！　スペ3返しってどこのルール？　ヨーロッパ王国？」

煽る亜里砂。

「あらあらスペ3返しを知らないとかどこの田舎にお住みでぇ？」

愛菜も負けじと言い返す。

(何がどうなってるんだ……)

困惑する俺。

他の連中は一様に呆れた様子。

「大富豪にはローカルルールが多くて、こういうトラブルがよくあるの」

花梨が耳打ちで教えてくれた。

「何が田舎じゃい、こちとら都会も都会だっての！　むしろあんたがどこぞの田舎にお住みなんじゃないのぉ？」

「8切りを公式ルールとか抜かす釣りバカがよく言えたものねぇ！　それにヨーロッパ王国なんて国はないんだよ！　魚の釣りすぎで頭がおかしくなったんじゃない？」

「言ってくれるねぇ！　どうせスペ3返しとか猿相手に作った独自のルールなんでしょ？　猿

は騙せても亜里砂様は騙せないっての！　お分かりぃ？　おぉん？」

「はぁぁ!?　言っちゃう？　そこまで言っちゃう感じ？」

「ああ言うね、言わせてもらうともさ。なーにがスペ３じゃい！　ばーか！」

二人の言い合いは終わりそうにない。

「面倒なのでトランプ終了、これにて解散でー」

俺の言葉によって、愛菜と亜里砂以外はその場にトランプを置いて立ち上がる。

それでも二人は収まらず、その後もしばらく言い争いを続けていた。

◇

トランプを終えた後、俺と花梨は子作りセックスをすることにした。

今日は金曜日だが、雨天なので前倒しでヤることにしたのだ。

喘ぎ声が聞こえないようアジトの奥に移動して、二人きりの時間を楽しむ。

「出すぞ、花梨、いいか？」

「うん……来て……」

今回は寝バックの状態でフィニッシュした。子作りセックスでは初めてのことだ。

子宮に精液が注がれていくのを感じながら、俺は花梨の耳元で囁いた。

「今日もよかったよ、花梨」

「私も、気持ちよかった……」

萎れたペニスを挿入したまま、花梨の背中に唇を当てる。背骨に沿って下から上に舐めあげた。汗がしょっぱいけれど、それがかえって興奮する。

そんなことをしていると、仕事を終えたばかりのペニスが蘇ってきた。

「もう一発出させてもらうぜ」

再び腰を振り始める。

俺の腰が打ち付けられる度、花梨の口から嬌声が漏れた。

「出すから、力入れて」

膣がキュッと締まる。

それが気持ちよくて、あっさり射精した。

「ふぅ……！」

花梨の横に仰向けで倒れる。

流石にノンストップで第三ラウンドに突入する気力はなかった。

「今度こそ妊娠するといいのにな」

天井を眺めながら呟く。

「うん……」

花梨が腕に抱きついてきた。その表情はどこか悲しげだ。

「私、やっぱり不妊症なのかな？」

「そうとは言い切れないだろう。俺が問題なのかもしれない。もしくは相性が悪いのかも」

花梨との子作りを始めてから一ヶ月が経過したけれど、今のところ妊娠の兆しはない。

しっかり生理が来ているのだ。予定日になると、遅れることなく「やぁどうも」とやってきた。

「なんだったら他の男と試してみるか？」

「ううん、火影じゃないと嫌。他の人とはヤりたくない」

花梨が左手でペニスをしごいてくる。

しかし、賢者モード中なのでピクリとも反応しなかった。

「大きくならないね」

「今はそういう気分じゃないからな」

「舐めても駄目かな？」

花梨は下に移動して、おもむろにフェラを始めた。裏筋から亀頭にかけてペロリンチョ。

流石のテクニックで気持ちいいが、勃起はしない。むしろ「放っておいてくれないか」という気持ちさえこみ上げてきた。

「そんなことしても無駄だって」

「そっかぁ」

花梨は残念そうな顔で隣に来ると、俺の顔を見ながら呟いた。

「壊れるまでガンガン突いてほしかったなぁ」

「壊れるまで……だと……」

むくむくっとペニスが反応する。

「息が苦しくなるくらい激しくされてみたいかも」

むくむくっ、むくむくっ。

「顔にもぶっかけたりしちゃってさ」

ぼっきーん！

賢者モードが消え失せる。幼稚園児だった息子が一瞬で大人になった。

「よっしゃ、今日はあと三発くらい出してやるぜ！」

「やった！」

花梨を仰向けにして、ノリノリでその上に跨がる。

既に濡れまくりの膣にペニスを押し当て、いざ挿入へ――と、その時だった。

「火影！　火影！　火影！　どこ！　どこにいるの！　火影！」

亜里砂の声だ。俺の名を叫びながら走り回っている。

その声は切羽詰まっていて、緊急事態であることは容易に分かった。

「何か問題があったようだ。続きはまた後で」

「だね」

俺達は即座にセックスを中断した。

大慌てで服を着て、亜里砂と合流する。

「この馬鹿！　あんたらどこで何していたのさ！」

俺達を見るなり怒鳴る亜里砂。

「何って、子作りセッ――」

「キモ！　言うなし！」

「いや、訊いてきたのはそっちだろ」

「そうだけど……って！　それよか！　問題なんだって！　大問題！」

「何があったんだ？」

「えっと、あれだよ、あれ！」

「あれじゃ分からん」

「いいから来て！　来れば分かるから！　田んぼがヤバいんだって！」

「田んぼがヤバい!?」

「そうだよ！　早く来て！」

俺達は猛ダッシュで外へ向かう。

広場に着いたが、そこには誰もいなかった。

亜里砂は迷うことなくアジトを出る。

雨はいつの間にか止んでいた。

「火影を連れてきたよ！」

皆は田畑の近くで待機していて、縋るような目でこちらを見てくる。

「火影、アレ、どうしたらいいの……？」

愛菜がプルプル震えながら田畑を指す。

「おいおい、嘘だろ……！　マジかよ……！」

順調に仕上がっていたはずの田畑を見て、俺も声を震わせた。

「「ウキィ！　ウキィ！」」

そこには甲高い声で鳴きながら戦う猿軍団と――。

バタバタバタア！　バタバタバタア！　バタバタバタア！

バタバタバタア！　バタバタバタア！　バタバタバタア！

バタバタバタア！　バタバタバタア！　バタバタバタア！

――数え切れない数のトノサマバッタがいたのだ。

どこから現れたのかは分からないが、これだけはハッキリしていた。

「蝗害《こうがい》だ！　このままだと水田も畑も全滅するぞ！」

あのバッタ共は、俺達が汗水垂らして作った田畑を襲う敵だ！

異世界生活一〇一日目。

ついに俺達は、自然の脅威と戦うことになった。

《つづく》

あとがき

絢乃です。

なんとびっくり四度目の登場になります。

皆様が第三巻を買ってくださったおかげで、担当編集のS様より「おい絢乃！　続刊だぞ！原稿を用意しろ！」と言っていただけました。いつも応援してくださりありがとうございます。こうして再び御挨拶できること、心から嬉しく思います。


第四巻の書き下ろしエピソードは「カラシナ」「風邪薬」「陽奈子と洗濯物」「バランサーの仕事」「ソロ活」で、全て第四巻に不可欠な内容になっています。「天音の報告」というエピソードもウェブ版にはないのですが、ウェブ版だとあっさり終わった他のチームに関する天音の報告を膨らませたものですので、書き下ろしには含めていません。

また、今回はタピオカが登場します。

ウェブ版におけるタピオカ回を執筆したのは二〇一九年のことで、この年はタピオカが大人気でした。「タピる」という言葉が流行り、街を歩けばタピオカ入りの飲み物を売っているお店が目に入ってきたものです。しかし、翌年以降は新型コロナに起因する外出自粛の影響もあって廃れてしまいました。

なので、改稿作業でタピオカ回に触れる時は悩みました。作中の女性陣は二〇一九年の女子高生よりもタピオカに興奮しているのですが、果たしてこのままでいいのだろうかと。たくさん悩んで、書いては消してを繰り返し、最終的にウェブ版と大差ないものになりました。むしろウェブ版より盛り上がっています。やっちまいました（笑）

それと、作中でも触れていますが、タピオカの原料であるキャッサバには毒があり、扱う際は毒抜きをしなくてはいけません。キャッサバを使った料理に挑戦するのであれば、必ず専門家の指導のもと安全に配慮して行うようにしてください。

では最後に、謝辞を述べさせていただきます。

第一巻からイラストを担当して下さっている乾 和音先生、コミカライズ担当の西尾洋一先生、第四巻を刊行してくださった一二三書房様、的確なサポートでじゃじゃ馬の絢乃を導いてくださる担当編集のS様、その他、ご支援頂いた全ての方に対し、心よりお礼申し上げます。ありがとうございました。

そして読者の皆様、ここまでお読みいただきありがとうございました。

今後も異世界ゆるっとサバイバル生活をよろしくお願いいたします。

絢乃

黒エルフに飼われた俺の
ダンジョン生活
～三食風呂と地獄つき～
原作：サイトウケンジ(FIREWORKS)
漫画：レルシー
構成：そよき
雷帝と呼ばれた最強冒険者、
魔術学院に入学して
一切の遠慮なく無双する
原作：五月蒼　漫画：こばしがわ
キャラクター原案：マニャ子
神域の魔法使い
～神に愛された落第生は魔法学院へ通う～
原作：ケンノジ　漫画：:/XUEFEI
キャラクター原案：乃希

コミックノヴァ
新創刊
モブ高生の俺でも
冒険者になれば
リア充になれますか？
原作：百均　漫画：ジャギ
キャラクター原案：hai
魔物を狩るなと言われた
最強ハンター、
料理ギルドに転職する
原作：延野正行　漫画：奥村浅葱
キャラクター原案：だぶ竜
COMIC
NOVA
ノヴァ
話題の作品
続々連載開始!!
https://www.123hon.com/nova/

BRAVENOVEL
ブレイブ文庫

異世界ゆるっとサバイバル生活4
～学校の皆と異世界の無人島に転移したけど俺だけ楽勝です～

2022年2月25日　初版第一刷発行

著　者　絢乃

発行人　長谷川　洋

発行・発売　株式会社一二三書房
〒101-0003 東京都千代田区一ツ橋2-4-3
光文恒産ビル
03-3265-1881

印刷所　中央精版印刷株式会社

■作品の感想、ファンレターをお待ちしております。

■本書の不良・交換については、電話またはメールにてご連絡ください。
株式会社一二三書房　カスタマー担当
メールアドレス：support@hifumi.co.jp

■価格はカバーに表示されています。

■本書は小説投稿サイト「ノクターンノベルズ - 小説家になろう」（http://noc.syosetu.com/）に掲載された作品を加筆修正し書籍化したものです。

ISBN 978-4-89199-724-3　C0193